U0929372

Dazai Osamu

斜阳
人间 失格

[日] 太宰 治——————著　周敏珠 许时嘉——————译

九州出版社
JIUZHOUPRESS

关于作者

深陷自我挞伐中的文学家

几近凌虐仪式的自我质疑与解剖，让太宰治在三十余部作品中，对于自我与日本社会的陈腐、虚伪和罪恶做了一次次深刻的挖掘。

太宰治，本名津岛修治，生于一九〇九年六月十九日，日本青森县北津轻郡金木村人。

津岛家在当时是青森县首屈一指的大地主、大富豪。他的父亲津岛原右卫门曾担任众议院议员、贵族院议员，同时经营银行与铁路。母亲体弱多病，太宰治自小便在姑母及保姆照顾下长大。在兄弟姐妹共十一人中排行第十，兄弟中排行第六。幼年时期少了母亲的影响，改由保姆养育长大的过往，对太宰的人生有不可小觑的意义。自卑疏离与虚矫冷漠的困境中，那份身为富家之子的诚惶诚恐，使太宰治无法摆脱出身带有的隐然的内疚与罪孽。

太宰治中学时期成绩优异，在校友会志及同学编制的“同人杂志”上发表小说、杂文及戏剧。他对芥川龙之介、泉镜花的文学十分着迷。高校时期，芥川的自杀对太宰治产生了相当大的冲击与影响，使他后来深陷马克思思想的困惑自杀未果。

一九三〇年，太宰治进入东大法文科，初会井伏鳟二，奉其为终生之师。然而太宰治渐与左翼运动有了交集，忙于参与共党活动，借着投身于其所认为作为“弱势族群”的左翼，追求弱势者的爱与连带的幸福。但怀抱着热情与悲悯本质的人，注定无法生存于政治世界，对于左翼运动的绝望与人际关系上的挫折，导致其不断寻求自我毁灭之道。

太宰治的创作自中学时代就已经开始。一九三五年他的短篇小说《逆行》成为第一届芥川赏的候选作品，他也因此被认为是新进作家。他后来出版了多部内容哀切的抒情作品集，例如《晚年》、《虚构的彷徨》、《二十世纪旗手》、《女生徒》。

一九三九年，太宰治三十岁，由井伏鳟二做媒，与石原美知子结婚，暂时进入安定的生活。隐藏着青春期阴沉的悔恨，带着中年生活者的自觉，他继续维持家庭与钻研文学，因此发表《满愿》、《快跑，梅乐斯》、《越级诉讼》等多部著名作品。并于同年秋以《女生徒》一书获第四届北村透谷奖。

一九四一年，太宰治长女园子诞生，经北芳四郎的鼓励，重返十年未归的金木村老家。次年母亲病危，太宰治偕妻返家照顾母亲，并发表《新哈姆雷特》、《千代女》、《控诉》、《风的讯息》等著作。

一九四四年，太宰治陆续发表《裸川》、《佳日》，东宝电影公司还将《佳日》拍成电影。八月长男正树诞生，婚后处于安定期的太宰治，收起早年支离破碎的文体，呈现出明朗、温柔、充满善意的文风，但对于敏锐沉静又执着的太宰治而言，这段安定期却只是他晚期凄绝的自我毁灭前的热身运动罢了。这段时间正是日本帝国有史以来最狂飙的时代，中日战争进入胶着状态，太平洋战争又起，全日本笼罩在自信满满试图以鲜血征服世界的氛围之中，这场充满虚浮野心与顿挫悲情的战争，反而彰显出太宰治自毁自苦下的理性与锐利。一九四七年《斜阳》成书，可说是集太宰治文学作品之大成，作品中亦预告了太宰治自裁的结局。

一九四八年，太宰治以《如是我闻》再度震惊文坛，并着手写《人间失格》，直到“第二手札”完成。随着结核病的恶化，并且对于时代宠儿这样的身份感到疲惫，他与爱人山崎富荣在六月十三日深夜，于玉川上水投水自尽，结束其灿烂多感而凄美的一生。

太宰治消沉的一生始终沉浸在叛离旧价值的憧憬中，以轻浅而生动的文字揭露着大和民族无可救药的媚俗性，然而吊诡的是他却迫不及待地落入大和民族另一个根深蒂固的传统——在绚烂的巅峰下凋零。

关于《斜阳》

美丽灭亡下的微光

阅读太宰治，仿佛深切剖析人存在之必然性的不定摇摆，以及攸关生死苦乐酸甜的本质。这种对人类问题之普遍性的探论，使其作品具有在日本文学作家中罕见的普遍性与国际性，直到今天仍能直接撼动人心，具有令人称奇的完全魅力。

《斜阳》可谓集太宰治文学作品之大成。内容以描述一贵族家庭因故没落，其家族成员的心理转折为主轴，交织而成对人生希望与失望的透视，激荡出孤独的新生。书中主要的角色有最后的贵妇人——母亲，怀着走向灭亡的冲动、为“爱与革命”而活的和子，因吸毒而自我毁灭的直治，以及第二次世界大战后将活着的自己彻底放浪形骸以抗拒八股道德钳制的流行作家上原。在没落贵族家庭的舞台上，四个人各自以不同的毁灭姿态，展现为追求“真实”，而必须迈向灭亡的美丽凄楚心境。

第二次世界大战后，太宰治不耻于人心不因战败而有丝毫改变的自私、古板、伪善，因而决意要颠覆既定的道德价值观，打击传统八股教义，直击人们心中的畏怯、卑微和丑陋真相，并为了原本就必须经过美丽的灭亡而生的真实革命，而成就了本书。

本书中，四个主要人物交互辉映，产生微妙的生命光影，便是太宰治欲借由人暴露于灭亡与死的生存中，以确认自由的真谛。文中，最后的贵妇人——母亲，虽以其纤弱之姿，看似懊丧地生活着，但却有如斜阳中透出炫人的明亮，平实无怨尤地完美展现生命的光和热，接受生命起伏的颠簸，安静美丽地死去；另外因毒瘾而走向毁灭之路的直治，在光明和黑暗、富贵和贫困之间矛盾挣扎，质疑生存之必要，坚决自行选择死亡的时间；颓废作家上原则代表黑暗中的阶级复仇，虽然看似放浪，但却真实地活着，在其糜烂的生活中可以嗅出原始的生命力。

而主述者和子，为了恋爱与革命而活，眼看母亲灿烂的殒落、弟弟直治自毁的离去、与爱慕之人距离遥远……在看似所有皆远离之后，和子怀孕了，所有的不安都因最自然原始的新生而沉淀。生一个小孩或许在如此世间并不能改变什么，但若不依附在这个赌注上，要如何身心安顿在动荡的地平线？和子虽孤独地微笑着，但毁灭之后新生隐然再现，黑暗后的光明定格在瞬间的幸福中。

关于《人间失格》

太宰治是位非常感性的作家，他的怀旧与毁灭性的冲突能让人感觉到他的热情。

就太宰治的文学而言，可分为三个时期：前期从撰写“晚年”起，是自我破坏期，对人生与社会具怀疑和不信任。中期是自一九三八年《满愿》发表始，历经结婚生子的阶段，虽有些阴郁但已相当明朗，不复以往的孤绝。后期则是自日本战败起，再回到自我破灭、自我挞伐的凄厉境界，因此完成了他的两大杰作《斜阳》、《人间失格》。如果说《斜阳》是部追忆旧时代并重拾希望的挽歌，那么《人间失格》则是凄绝无比的悲歌。

太宰治的作品很少有难解之处，也罕见冷酷、丑陋。阅读他的作品，绝不会有被羞辱、伤害之感。这样一位严以律己、宽以待人的人，其作品总像是在与我们温柔地说话，他清楚知道我们的卑屈、落寞，尤其擅长用破格的文体（即无主语和述语）来表达内在的急迫与撼动。

《人间失格》（即失去作为人的资格）是由主角大庭叶藏的手札与笔者本身的“序言”与“后记”构成。如果将叶藏的手札与太宰治年谱、传记对照并读可以很清楚“叶藏”其实就是太宰治以自身为范本所创造出来的人物。与一般的自传小说相比，虽然形态上有大幅的改变，但若针对构成故事骨架的事件，很容易便可指出哪些是取材自太宰治自身的生活经历。

在“序言”中，太宰治巧妙地以三张照片揭开序幕，三张照片对应第一到第三手札，借由照片的印象，让读者深入叶藏的内心世界。

“第一手札”是写由搞笑为出发点的叶藏的少年时期，但内容本身却浅显易懂。源自于出身富家所造成的无知与对他人意识过剩，造成自我模糊，最终导致分裂。当自我无法固定，因而产生存在感危机，为此以自我丑角化来弥补自我分裂的空隙。

“第二手札”描写叶藏从进入中学到殉情未遂的事情，算是对一个个事件的追述。中学时代因竹一而对妖怪似的画开窍，这可视为与太宰初期作品矢志成为作家的场景相通，而前往东京后的左翼运动体验、殉情未遂，则大致体现了昭和五年太宰治的实际生活。

“第三手札”中表演丑角的机会不多了，反倒是与堀木和比目鱼往来密切（两者可谓是俗世的代表），使得叶藏对社会的认知渐渐地由抽象转为实体。“我似懂非懂地若有所悟。这是个人与个人之争，是当下之争而且最好能胜。人是绝对不会服从人的，就算是奴隶也会有奴隶般卑鄙的报复。因此，人除了当下一求胜负外，根本不用下功夫苟延残喘。”这是将抽象的社会化约为个人的结果，进而转为寻求纯真的信赖感。故当信赖感破碎之时，对人的失格毫无招架之力。人生的真相不复存在！

太宰治借由《人间失格》提出了身为人最真切的痛苦问题，从滞涩的文字中更可体会其内心深切的苦楚，在完成本篇作品之后，太宰治终归还是选择了自溺的方式为人生划下最后的句点。

目 录

斜阳

1

早晨，正在饭厅里专注、轻快地喝着汤的母亲突然“啊！”地低叫了一声。

“有头发吗？”我想该不会是汤里有什么怪东西吧?

“没有！”

妈妈俨然没有发生任何事一般，还是继续一口一口将碗中的汤轻巧地送入嘴里：满不在乎地将脸别向一旁，眼睛望着窗外盛开的山樱花，然后头也不回，继续飞快地将一匙一匙汤送进小巧的唇间。“飞快”这形容词对母亲来说，绝对一点儿也不夸张，虽然母亲的喝法和妇女杂志上刊载的优雅用餐礼仪大相径庭，但弟弟直治也曾一边喝酒，一边对我这个姐姐说：“有爵位也不一定表示是贵族，像有人即使没有爵位，也是拥有‘天爵’的了不起贵族；而有人虽然和我们一样拥有爵位，可是根本不是贵族，简直和贱民没什么两样！像岩岛（直治的友人伯爵）那个人就是这样，根本比新宿花街拉客的人感觉还贱呢！最近柳井（也是弟弟的友人，子爵的次子）的哥哥结婚了，柳井好过分喔，竟然穿起燕尾服了！真是不知道在搞什么！那种场合根本就没有穿燕尾服出席的必要嘛！这还不打紧，就在每一桌客人轮流致辞时，那个家伙竟然还说出很轻佻且奇怪的话，真是败给他了。什么高雅，什么气质，好像与他一点儿关系都没有的样子呢！我们家附近到处都挂着高级公寓出租的招牌，其实那些什么贵族，大部分都好像高级乞丐一样呢！真正的贵族才不会像岩岛那么庸俗！就像我们家，要说到真正的贵族，恐怕也非妈妈莫属了，妈妈才是真正、如假包换的贵族，因为她有无人可及的地方！”

即使是喝汤，一般我们都是上身微倾，低头向着汤碗，横拿着汤匙舀汤，然后直接横着汤匙、将汤送入口中。可是，妈妈却是左手手指轻靠着桌子的边缘，上半身挺直，脸微微上扬，根本不低头看汤碗。虽然妈妈也是横拿着汤匙，却突然舀起一口汤，动作就像燕子一样，无法形容的迅速、轻巧，汤匙与嘴角呈直角状，汤顺着汤匙尖端滑入唇齿之间；接着，继续若无其事地左顾右盼，而手上的汤匙，一向轻盈得像燕子挥舞小小的翅膀，汤匙中的汤从来不曾滴落过一滴，甚至从来也不曾发出丁点儿喝汤或碗器撞击的声音。或许这样并不符合所谓“正式礼仪”的用餐方法，可是，在我的眼中却是非常、非常的可爱，甚至觉得这才是真正优雅的用餐方法。而且事实上，像汤品这样的食物，若是低着头从汤匙的边缘喝，还不如舒舒服服地挺起上身，由汤匙尖端送入口中，来得更美味。可是因为我就像直治所说的高级乞丐一样，根本没办法像妈妈那么轻巧且毫不做作、自然地使用汤匙，所以只好放弃，仍然低头面对汤碗，用那种所谓“正式礼仪”、阴阳怪气的喝法喝着汤。

不只是喝汤如此，事实上母亲的用餐法也和正式的礼法有很大的出入：吃肉时，用刀和叉子很快地将肉切成一小块一小块，然后放下刀子，直接用右手拿叉子，一块一块地叉起肉来，慢慢地送入口中，吃得非常轻松愉快。若是带骨的鸡肉，当我们还在为了不让碗盘发出声音，拼命努力将肉从骨头上剔下来时，妈妈已毫不介意地用指尖抓着骨头送到嘴里，直接用嘴巴将肉和骨分离。即使是如此野蛮的吃法，在妈妈身上看起来却是无比可爱，甚至还散发着一股莫名的妩媚气息，所以说起来，她真不愧是如假包换的贵族呢！不只是带骨的鸡肉如此，有时妈妈连午餐的火腿、香肠都是用手一抓就吃起来。

“为什么饭团那么好吃，你知道吗？那是因为它是用人的手指捏着做出来的！”

妈妈曾经这么说过。

我也认真想过，用手抓东西真的感觉比较好吃！可是像我这样子的高级乞丐，如果学得不好，那真是“东施效颦”，看起来就活似乞丐乞食图的画面了，所以不敢学，只好忍耐。

尤其是弟弟的一席话，更让我深深地觉悟到：要学母亲的样子是很困难的，甚至还有一种“绝望”的感觉。记得一次在西片町家的内院里，当夜空中高挂起一轮美丽的初秋之月，我和妈妈两人在池塘边赏月，一边笑谈着：到底新嫁娘准备嫁妆，俚语该说“狐狸娶新娘”，还是“老鼠娶新娘”呢？母亲忽然站定，往一旁的胡枝子丛走进去，因为白色的胡枝子花正盛开，所以母亲从花丛中露出一张显得比平常更白皙的脸庞，微笑着说：

“和子呀！你猜猜看，妈妈现在在做什么？”

“摘花吧！”

听我答完，妈妈又再度响起小小的声音，笑着说道：

“在尿尿啦！”

因为妈妈根本没蹲下身去，所以着实让我吓了一跳，不过，也确实感受到一股自己无法仿效、无言可喻的真正的可爱与天真。

从早上喝汤的事开始，简直是一连串“脱轨”的行为。不过我之前读过的某一本书上，好像也写着路易王朝时的贵妇人们，总是在宫殿的庭园或走廊的角落，若无其事地上厕所，这一份天真的“无心”，真是很可爱，也因此让我联想到：母亲莫非是最后一位“真正”的贵妇人，不是吗？

早上喝了一口汤后，妈妈不是“啊”地叫了一声吗？当我问道：“是头发吗？”妈妈回答：“不是！”

“会不会是汤太咸了呀？”

早上的汤是用上回美国配给的青豆罐头煮的，我本来想煮成奶油蛋花汤。而因为自己一向对煮饭没什么自信，所以即使妈妈说：“不会呀！”心里还是挺不放心地追问着。

“不会啦！真的煮得很好喝！”

妈妈很认真地说道，喝完汤，她又用手抓海苔包的饭团送入口中。

从很小的时候开始，我就不喜欢吃早餐，非得等到十点以后才吃，否则肚子根本不饿。在吃饭时，也好像不知道汤匙该怎么摆放才好一般，懒洋洋地不肯吃，饭团搁在盘内，用筷子夹得一团糟，然后再夹住一小口，像妈妈喝汤时一样，让筷子与嘴巴呈直角，如喂小鸟一般送入口中。当我还在一边慢吞吞咀嚼时，妈妈已经吃饱了，很快便站起身来，将背靠在太阳晒得暖烘烘的墙壁上，静静地一边看着我吃饭，一边说道：

“和子，还是不想吃吗？你呀！若不能从早餐开始就吃得津津有味的话，可是不行的喔！知道吗？”

“妈妈呢？你觉得早餐好吃吗？”

“当然呀！告诉你，我已经不是病人了。”

“嘿？不是病人的人，应该是我才对吧！”

“不对！才不是呢！”

妈妈笑得有点儿凄楚，轻轻摇着头。

我在五年前罹患了肺病，躺在病床上好一阵子。可是自己知道那是一种“任性”病，倒是妈妈前一阵子的病才真的叫人好生担心，也很可怜；尽管如此，妈妈却只是一径担心我的事。

“啊！”我喊道。

“怎么了？”这回换妈妈问我了。

两人对看一眼，好像心有灵犀般，相视而笑。

因为，人每当想到害羞的事时，就会奇妙地发出“啊”的叫声。像我心里这时突然清晰想起六年前离婚时的事，忍不住“啊”地叫了起来，而妈妈到底又想起什么事来呢？虽然，妈妈不应该会有像我这样丢脸的过去吧？那到底是怎么回事呢？

"想必妈妈刚刚一定也想起了某些事吧？到底是什么事呢？"

"我忘了！"

"是我的事吗？"

"不是！"

"是直治吗？"

"是吗？"母亲一边歪着脑袋说道，"也许是吧！"

弟弟直治大学读到一半，就被征召去当兵，分派到南方小岛，至今音讯全无，即使第二次世界大战已经结束，还是行踪不明。妈妈也已经觉悟到：或许她永远都不能再见直治一面了，可是我却从来没有这样的"觉悟"，而一直坚信有一天，我们一定会再见面的。

"虽然想死了这条心，可是一喝到好喝的汤，还是会忍不住想起直治，当初要是对他好点儿就好了！"

直治从读高中开始，就醉心于文学，生活上简直与不良少年没两样，不知道给妈妈带来多少麻烦，妈妈也不知道为了他吃了多少苦。可是即便如此，妈妈喝了一口汤，还是会不自觉地想起直治，发出"啊"的一声。我将饭塞入嘴巴，不觉红了眼睛。

"没事的，直治一定没事的。像直治这么坏的坏蛋，一定不会死的！会死的人都是心地好、漂亮或温柔的人，像直治这样的人就算用棒子捶，也死不了的！"

妈妈不禁笑着嘲弄我说：

“那么，意思是和子你才会早死啰？”

“哎呀！为什么呢？我也是超级大坏蛋一个呀！会活到八十岁的，你放心啦！”

“是吗？如果是这样，那妈妈我铁定活到九十岁没问题了！”

“咦？”

妈妈这么一说，倒让我有点儿烦恼起来，因为坏蛋才会长寿，漂亮的人是会早逝的。然而妈妈非常美丽，可是我却希望她能长寿。一时之间，自己不禁仓皇失措起来，倒不知道应该怎么接口才好。

“讨厌！坏心眼！”话一说完，嘴唇不觉上下颤动着，眼泪啪哒啪哒地直直落下。

不知道要不要提起蛇的事来。四五天前的一个午后，附近的小孩子们在院子竹篱笆里发现了十多个蛇蛋。

孩了们夸张地叫着：

“毒蛇蛋！”

我想着毒蛇竟然会在竹篱笆上产了十个卵，会不会一不小心就掉到院子里，所以说：“把它们给烧了吧！”

没想到，孩子们一听，竟然高兴得又叫又跳，全紧跟在我的屁股后，在竹篱笆附近堆上树叶和柴火，点燃火后，将一颗颗蛋扔进火堆里。可是蛇蛋却怎么烧都无法烧起来，就算孩子们丢入更多的树叶和小树枝，把火势弄得更大，蛇蛋还是烧不起来。

下面农家的女儿从外面大声笑着，问道：

“你们在干什么呀？”

“我们在烧蛇蛋！因为等到生出毒蛇来，就太可怕了！”

“有多大呀？”

“跟鹌鹑蛋差不多大，全白的喔！”

“那不是毒蛇的蛋啦，是一般小蛇的，而且生蛋是烧不起来的。”

农家女好像觉得很可笑的样子，笑着走开了。

已经点了三十分钟的火，可是蛇蛋说什么都烧不起来，我要小孩子们将蛋从火里捡起来，埋在梅树下，并用小石头做了一个记号。

“来，大家拜拜啰！”

我蹲了下来，合掌膜拜，孩子们也很乖巧地在身后跟着合掌膜拜，然后我就和孩子们分手，一个人慢慢地拾阶而上，石梯上，母亲正站在藤萝棚架下面说着：

“好可怜喔！”

“我们以为是毒蛇蛋，结果只是小蛇，不过已经好好埋葬了，没事的！”

虽然这么说，可是被妈妈直直地盯着看，总还是觉得不太对劲。

虽然妈妈绝对不是迷信的人，可是自从十年前父亲在西片町的家中去世后，妈妈就开始非常怕蛇。在爸爸临终弥留之际，妈妈看见爸爸的枕头上掉了一根黑绳，没有细想，顺手一抓，发现竟然是一条蛇！蛇飞快地溜走，出了走廊后，也不知道跑到哪里去了。看到这一幕的妈妈，与和田舅舅互看了一眼，好像不敢惊动临终的父亲般，隐忍着不发一语。所以，虽然当时我们也在场，可是有关蛇的事，却一点儿也不知情。

不过，在父亲逝世当天的黄昏，我倒是亲眼看见院里的池塘边，有一条蛇盘在树上。我现在是二十九岁的女人，而在十年前父亲去世时，也已十九岁了，所以早已不是小孩子，尽管经过十年之久，当时的记忆还是非常清晰，应该不会有错。当时我为了要剪花供在灵前，所以走到院子里的池塘边，在杜鹃花下站定时，突然看到杜鹃花枝头盘绕着一条小蛇，着实被吓了一跳，而就在折下棣堂树的树枝时，竟然也有小蛇盘绕在树枝上，结果旁边的木犀树、枫树、金雀花、藤蔓、樱花，不管任何一株树上都有小蛇盘绕。不过自己当时并没有很害怕，只是觉得或许连蛇也和我一样，对父亲的死感到悲伤，所以特地从穴中钻出来凭吊父亲在天之灵吧？后来我将院子里蛇的事偷偷告诉妈妈，妈妈很冷静地偏着头，好像在想什么的模样，不过并没有特别说些什么。

不过，这两则“蛇事件”，让母亲十分讨厌蛇，却也是不争的事实。只是，与其说讨厌蛇，倒不如说是崇仰、敬畏更贴切一点儿吧！

焚烧蛇蛋的事被妈妈发现后，妈妈绝对会联想起一些极端不吉利的事吧？想到这儿，突然也觉得：焚烧蛇蛋真的是一件很恐怖的事，因此一直不断担心着，会不会因此让母亲不快或者遭遇什么不幸？因此，第二天、第三天我都没办法释怀，早上用餐时，无意中又说起什么“美人早逝”的无聊话，最后因为根本没办法自圆其说而哭了出来。而当我在收拾桌上碗盘时，不知道为什么，竟然感觉母亲的生命好像依附在那条小蛇上，或许因此会折寿，心里懊丧得不得了。

然后，当天就在院子里看到蛇了。那天是个无比晴朗的好天气，所以我结束厨房工作后，就搬了张藤椅在院子里的草地上，构思着编织的花样。当我将藤椅放在院子里时，就发现院子石头边的细竹丛里有一条蛇，“哎呀！讨厌！”自己只如此抱怨了一声，接着脑袋就一片空白，后来只好搬着藤椅折回，将椅子放在走廊上坐下，开始编织起来。中午，我突然想去位于庭院一角的书房里找一本藏书——《罗兰画集》，没想到，一走到院子，又看到一条蛇在草地上缓缓爬行，和早上那条蛇长得一模一样，好细长且高雅的一条蛇呀！我想是母的吧！它静静地横过草地，爬到野蔷薇花丛的阴影下定住，仰起头，伸出如微细火焰般的舌信，然后左顾右盼一番，不久后，垂下头，无精打采地蹲坐下来。当时我强烈地觉得：它真是一条美丽的蛇呀！不久我径自到书房拿了画集，回来时，望了一眼方才蛇所在的位置，发现它竟已不见踪影。

黄昏时分，我和母亲在房间里喝茶，一面看着庭院的景致，忽然又看到早上那条蛇慢慢出现在石阶的第三层石级上。

妈妈也发现了：“是不是那一条蛇？”

妈妈一边说一边站了起来，向我走了过来，拉住我的手，站着发抖。听妈妈这么一问，我突然灵光一现：“会不会是那些蛇蛋的母亲？”

母亲嘶哑着声音说道：“对！对啦！”

我们两手互握，屏息静看着那条蛇无精打采趴在石阶上，然后它开始蹒跚地动起来，接着好像很虚弱地横过石阶，爬向燕子花丛里。

我小声说：“从早上开始，它就在院子里爬来爬去了！”

妈妈叹着气，跌坐在椅子里。

“你看吧！一定是在找它的蛇蛋，好可怜喔！”妈妈压低了声音说道。

我也束手无策地笑了一笑。

夕阳映照在母亲的脸上，母亲的眼睛好像散发着一缕蓝色的光芒，而那张看似微愠的脸庞，带着一股极富魅力的美。而我也突然发现，母亲脸上的表情好像与方才悲伤的蛇有某种神似之处，而盘住在我心里的却是如毒蛇般丑陋、蠢蠢欲动的蛇，好像有一股欲望，想吞噬眼前这带着深沉悲凄之美的母蛇。究竟为什么会有这样的念头呢？为什么呢？我默然不语。

我无言地将手放在母亲柔软而瘦削的肩头，身体不知道为什么不安地扭动着。

我们离开东京西片町的家，搬来位于伊豆、带有一点中国风的山庄里时，正是日本无条件投降的十二月初。自从父亲去世以来，家里的经济全部仰仗母亲的弟弟，也是唯一的亲人和田舅舅帮忙。第二次世界大战一结束，社会遽变，和田舅舅好像对母亲说：大家都已经无能为力了，除了卖房子外别无他法，你最好把女佣们都遣走，母子两人到乡下买一间小房子去过随性的生活吧！母亲是那种完全不解钱事的人，所以和田舅舅一说，她也就全权委托和田舅舅处理了。

十一月末，舅舅寄来快信，信中说，位于骏豆铁路沿线的河田子爵别墅要出售了，房子地势很高，景致很好，土地也有上百坪，且附近就是赏梅圣地，冬暖夏凉，住起来一定很舒服，我们一定会喜欢的……因为觉得有必要直接与卖主见个面，所以请妈妈第二天到他位于银座的办公室见个面。

我问："妈妈！你要去吗？"

“没办法呀，我们之前拜托舅舅处理了嘛！”妈妈无限落寞地笑着说道。

第二天，我拜托家里原来的司机松山先生陪母亲去一趟，过午出门直到晚上八点左右，母亲才由松山先生送了回来。

“已经决定好了喔！”

妈妈一脚踏进和子房间，双手扶住书桌，好像快倒下般坐了下来，然后开口这么说。

“决定什么？”

“所有的事！”

“可是，”我吓了一跳，“到底是怎么样的房子呀？我们都还没有看到，怎么就决定了呢？”

妈妈一只手撑在桌上，抚着额头轻轻叹道：

“因为和田舅舅说，那是一个很好的地方嘛！哎，我呀！最好眼睛一闭，就搬到那房子里去！”

妈妈一边说着，一边将脸仰了起来，虽然微笑着，可是脸庞有些许的落寞与憔悴，但却美得醉人。

“说得也是！”

连我也不免折服在母亲对和田舅舅毫无怀疑的信赖之美上，于是也附和起来。

“和子，你也将眼睛闭起来看看！”

我们两人虽然都大声地笑着，可是笑容之后都有说不出的落寞。

之后每一天，家里都有人来帮忙打理搬家的行李，最后连和田舅舅也来了，安排把可以卖的东西都卖掉，我也和下女小君两个人，一面整理衣物，一面打算将一些不值钱的东西在院子里烧掉。可是这一阵子，妈妈不仅一点儿也不帮忙整理，甚至也不出来指挥，只是整日待在房间里不知磨蹭些什么。

“怎么了？是不是不想搬去伊豆？”

突然被一问，她也只是意兴阑珊地回答：“不会呀！”

整整打包了十天，终于完成了所有的整理工作，傍晚，我和小君用纸张和稻草在院子里起火，妈妈走出房间，站在走廊上默默看着我们的火堆，感觉灰蒙蒙的寒冷西风一面吹着，烟雾低低地在地上爬窜着，我突然仰看母亲的脸，母亲的脸色竟是前所未有的差，让我吓了一大跳。

“妈妈，你的脸色怎么这么难看？”

母亲听我一叫，微微笑道：“没事！没事！”说完，便静静地回到屋里去了。

当夜，因为被褥等也都打包好了，所以小君睡在二楼厅间的沙发上，而妈妈和我则睡在原来妈妈的房间里，铺了向隔壁邻居借来的一床棉被，两人睡在一起。

妈妈突然用苍老而虚弱的声音说着：“只要有和子在，只要有和子和我在一起的话，就算去伊豆也没关系，因为和子会陪我……”

我吓了一跳，脱口问道：“如果和子不在呢？”

妈妈突然哭了起来。

“那我最好死了！最好死在爸爸去世的这个家里，妈妈最好也死了！”

妈妈断断续续地啜泣着，然后终于大声哭了起来。

妈妈从来不曾对我说过如此泄气的话，也不曾让我看过哭得这么厉害的模样，即使是爸爸去世时，即使是我出嫁时，即使是我肚里怀着孩子，回到娘家，后来婴儿一出生就夭折时。即使是我病倒在床，甚至直治遭逢一连串的厄运时，妈妈也从没表现出如此泄气的态度。父亲不在的这十年里，妈妈一点儿也没有不同于往昔父亲在世时的模样，她还是一样优雅、温柔。而我们也都在这样良好的家庭气氛下被宠爱着长大。不过，现在的妈妈已经没钱了！为了我们，为了我和直治，她从来不曾吝惜用钱，而现在，我们却已经被迫离开这个长年住惯的家，被迫必须在伊豆小小的山庄里，两个人相依为命，开始过着寂寥的生活。

如果妈妈是那种心地不好、小气又刻薄、只会斥骂我们、偷偷拼命为自己攒钱的人，那么就算环境再如何变迁，也不会发生像现在这样痛不欲生的事吧！啊！这是我有生以来第一次发现，贫穷竟然如此可怕、凄惨，如坠永世不得超生的地狱。我的胸口满满都是欲哭无泪的痛苦，到这种时候，自己也才真正体会到所谓“人生的严苛”，沉重的心情让我仰躺着，就像一尊石像般动弹不得。

第二天，母亲的脸色还是很坏，仍然不断磨蹭着，好像十分舍不得离开这个家一样，最后还是因为和田舅舅说，行李都已经上路了，今天一定要出发到伊豆，妈妈才勉勉强强穿上外套，对聚集在门口前来道别的小君和友人们默然不语地道别，默默地和舅舅、我，三个人离开了西片町的家。

因为火车比较空，三个人都坐了下来。在车里，舅舅的情绪非常亢奋，好像唱歌般说个不停，妈妈的脸色还是很差，垂着头，好像很冷的模样。我们在三岛换乘了骏豆铁路，在伊豆长冈下火车，再坐十五分钟左右的巴士。下车后，往山的那一边走去，爬上还算平缓的坡道，就有一座小小的村落出现眼前，而村落的不远处，就是那幢有点儿中国风的山庄。

我喘着气说："妈妈，这儿比想象中好呢！"

妈妈也赞同道："是呀！"

站定在山庄的玄关前，妈妈的眼神里闪过一瞬间的喜悦。

"第一，空气很好！看到没？好清新的空气呀！"舅舅自豪地说。

"真的啊！"妈妈微笑着说，"好舒服喔！这儿的空气真好！"

然后，三个人相视而笑。

一走进玄关，东京送来的行李便已到达，从玄关到房间，到处堆满了行李。

"第二，从这里看出去的景致好得不得了！"

舅舅亢奋地把我们拉到客厅的软垫上坐了下来。

下午三点左右，冬天的太阳暖烘烘地照在庭院里的青草地上，从草坪拾阶而下，有一处小小的池塘，到处都是梅树，而院子下面是一片广大的柑橘园，松林的对面可以看到海，坐在厅里，海就在与我胸前等高水平线延伸的彼处。

"好美的风景呀！"

母亲若有所思地说着。

“不知道是不是空气的缘故，连阳光都和东京完全不一样呢！光线就像穿透丝绢滤网般细柔。”我也忘情地说道。

十叠大的房间和六叠大的房间之间，是一个中国式的客厅，然后玄关大概有三叠大，浴室也有三叠大，接着是餐厅和厨房。二楼有一间附床的西式客房，虽然只是这般的大小，可是对我们两个人来说，喔，不对！即使是直治回来，我想也不会感觉太挤吧！

舅舅出门去，找到这村落唯一的一家旅店，拜托他们准备食物，不久便将带回来的便当打开，坐在椅垫上，喝起威士忌酒，一边谈起山庄以前的主人——河田子爵在中国玩乐的事。不知道是否因为太阳的关系，面对便当，妈妈也不太动筷，不久，四周暗了下来，她才小声说道：“让我躺一下吧！”

我从行李里找出被褥，铺好床，让母亲睡下。不知怎么的，我心中突然萌生一念头，于是从行李中找出温度计，妈妈一量体温，竟有三十九摄氏度。

舅舅好像也吓了一跳，赶紧出门到山脚下找医生。

“妈妈！”即使我叫她，她也好像迷迷糊糊的模样。

握住母亲小小的手，我忍不住啜泣起来，觉得母亲好可怜好可怜。不！是我们两个人都好可怜好可怜！这一哭竟无法收拾，我一边哭着，一边心里真的想就这样和妈妈一起死去，什么都不想要了。我觉得，自从踏出西片町家里的那一刻起，我俩的人生就已结束。

两个小时以后，舅舅总算带回了村里的医生，村里的医生好像年纪很大的模样，穿着和服和白袜子。

看诊结束，医生说："也许会变成肺炎也不一定啊！不过，就算是肺炎，你们也不必担心。"

他看起来好像没什么大不了的样子，给妈妈打了一针就回去了。

可是第二天，母亲的烧还是没退，和田舅舅给了我两千元，交代万一母亲需要住院的话，就拍电报到东京，话一说完，就先回东京去了。

我从行李里找出最起码需要的煮饭工具，煮了稀饭，喂妈妈吃，妈妈躺着吃了三匙稀饭后，就摇了摇头。

快到中午时，村里的医生又来了一趟，这一次穿着还是很随便。

我问："是不是住院比较好？"

"喔！不必！没这个必要，我再帮她打一针强效针，烧就会退了。"

医生还是和昨天一样，好像这病没什么大不了的样子，打了一针所谓的"强效针"就回去了。

不过，不知道是不是这一剂强效针奏了效，当天午后，妈妈的脸色就愈来愈红润，后来还出了一身汗，当我帮她换睡衣时，妈妈笑着说："那个人也许是名医呢！"

烧退了，三十七度，我很高兴，到村里唯一的一家旅店，向老板娘买了十个鸡蛋，迅速地煮好给妈妈吃。妈妈吃了三颗半熟的蛋和半碗稀饭。

第二天，村里的名医又来了，我为昨天的强效针有效而道谢，医生却一脸"本来就有效"的表情，深深点头，又仔细诊察一番，然后说："太太的病已经好了，什么东西都可以吃，什么事都能做了。"

因为医生的说法实在很奇怪，我为了强忍着不敢笑出声来，差点儿岔了气呢！

送医生到门口，将椅垫归位后一看，妈妈已经从床上坐了起来。

“他真的是位不折不扣的名医，我的病都好了！”

她很高兴，自言自语说着。

“妈妈！要不要把纸门拉开？已经下雪了喔！”

像花瓣一样大的牡丹雪，开始纷纷飘落，我打开纸门，与母亲并肩而坐，一起眺望着伊豆的雪景。“我的病好了！”母亲仍然喃喃自语道。

“这样子坐在这儿，突然觉得过去种种好比一场春梦，确实，一直到搬家的那一刻，我还是很不愿意到伊豆来。就算一天也好，半天也好，心里还是想要多留在西片町的家中，哪怕一时片刻都好。在搭火车时，觉得自己一半已经死了。刚抵达这儿时，虽然开始有点儿开心，可是到夕阳西下时，整个人又强烈怀念起东京来，所以渐渐昏死了过去，我想，这不是一般的病，应该是神明想先置我于死地，然后重新让我复活，变成一个迥然不同于昨天的我吧！”

直到今天，我们母子两人相依为命的山居生活，平安无事地持续着，村里的人对我们也十分亲切。刚搬到这儿时，是去年的十二月，然后一月、二月、三月，直到四月的今天，我除了准备三餐，大部分时间都在走廊编织，或在房里读书、喝茶，过着与世无争、离群索居的日子。二月，梅花盛开的日子里，这村落好像整个儿都被梅花花海深埋了一般。然后是三月，一整个月都是无风无雨的平静天气，梅花却一点儿也不稍减盛开的劲儿，一直开到三月底。不管早上、晚上、傍晚、深夜，盛开的梅花都美丽得令人叹息。一打开走廊边的窗户，随时都有沁人的花香飘进屋里。三月快结束时，傍晚时分，轻风徐来，我在夕阳余晖的餐厅里摆放碗筷时，窗外总会飘进梅花的花瓣，飘落在碗中濡湿了。四月里，我和母亲都在走廊编织，两人的话题大部分都绕在农作计划上打转，母亲也答应要帮我的忙。

走笔至此，忽然发现，我们母女俩不知从何时开始，真的像妈妈曾经说过的那般，死而复生，成为迥然不同于以往的自己。不过，毕竟像耶稣基督般的复活是不可能发生在人身上的，不是吗？所以，尽管妈妈曾经说过那席话，可是喝汤时，还是一样会因为想起直治，而不自觉“啊”的一声，而我过去的伤痕，事实上也一点儿没有痊愈呀！

我只是想毫无保留、毫不隐瞒地写下一切心里想说的话。有时候我也会偷偷想：山居生活的安逸其实不过都是虚假与矫饰罢了。虽然这是我们母子俩从神明手上得到的“暂时休憩”的礼物，可是，也隐隐感觉到，其实在这安逸生活的背后，也隐含着某种不幸或阴霾吧！母亲即使假装幸福，还是一天一天地衰老，而寄宿在我胸中的毒蛇，甚至牺牲我的母亲，不断让我发胖起来，不管自己如何压抑，还是不断发胖。啊！多希望这都是季节搞的鬼，季节一过，一切就会恢复正常。可是，当时的我真的对这样子的生活，无论如何无法忍受，连烧蛇蛋如此卑鄙的事也做得出来，这绝对是急躁心情的某种宣泄吧！可是即使做了这种事，也只是徒然加深母亲的悲哀，让母亲更进一步衰弱罢了。

哎！曾经沧海难为水……

2

自从发生蛇蛋事件后，经过十天左右，不祥的事就接踵而来，使得母亲的悲哀更甚，生命力更加衰弱。

我引发了火灾。

会发生这样的事，是我从小到大的人生里，连做梦都不曾想过的事，可是……

用火不慎，就会发生火灾，这是极为理所当然的道理，人尽皆知呀！为什么自己竟会粗心至此呢？难道是因为过去的我曾经是所谓的“大小姐”吗？

我半夜起来上厕所时，走到玄关的屏风旁，发现浴室灯还亮着，不经意看一眼，竟发现浴室的玻璃窗火红，还发出“劈劈啪啪”的爆裂声，打着赤脚快步跑过去，打开浴室的偏门，往外一看，发现热水炉旁堆积的柴火竟烧得厉害。

我飞奔向山脚下的农家，用力拍打着门大叫：

“中井先生！快开门呀！起火了！起火了！”

中井先生想来早已入睡了，听到我的拜托声后，穿着睡衣就冲了出来：“好！我马上过去！”

然后我们两人一起向我家的方向狂奔而去。

两人飞快跑回火堆边，用水桶拼命盛装着池塘里的水灭火，忽然听到客厅里传来妈妈“啊”的叫声，我丢下水桶，从院子里跑到走廊，抱起跌坐在地的母亲。

“妈妈，别担心，没事的，你睡吧！”

我将母亲带到床上，让她睡下，又冲回到起火处，这一次改盛洗澡水递给中井先生。中井先生说，柴火堆引发的火灾不是这么简单就能灭的。

“起火了！起火了！别墅起火了！”

下面传来呼喊声，很快的，四五名村民打破围墙，飞也似的跑过来，然后从围墙下以接力的方式用水桶盛水送进来，两三分钟内就把火给灭了，一些小火星移烧到浴室的屋顶。

好不容易喘了一口气，我心想：还好没事。然后开始仔细研究起火的原因。这时我才注意到，引起这一场火灾骚动的原因：傍晚，我从炉口取出热水炉里烧剩的柴火准备弄熄时，不小心把柴木忘在了柴火堆旁，所以才造成这起火灾。这个发现让我几乎快哭了出来，也听到前面人家的西山先生的媳妇站在围墙外高喊着：“浴室起的火啦！是火炉起的火啦！”

村长藤田先生，警佐二宫先生和警防队长大内先生等人都来了，藤田先生笑容亲切，一直问道：“吓坏了吧！到底怎么一回事？”

“是我不好，没有把柴火给熄灭……”

我一开口，觉得自己实在很凄惨，泪水夺眶而出，低头不语，当时也直觉想到，或许会因此被警察带走呢！想到自己身上还穿着睡衣，一副慌乱的模样，真的太狼狈了。

“喔！原来是这样呀！那您母亲呢？”藤田先生以安慰的口气，平静地问道。

“我让她先休息了，因为她受到很大的惊吓。”

“不过呢！”年轻的二宫警佐安慰我说，“没烧到房子，实在是不幸中的大幸！”

接着，山下农家的中井先生也换好衣服上来。

“没什么嘛，只不过是柴火烧起来罢了，根本连小火灾都不算呢！”

他喘着气说着，企图为我的疏失掩护。

“是吗？好！我知道了！”藤田村长两三次点着头，并与二宫警佐小声商量起事情来。

“那么，我们先走了！请代我向您母亲问好！”藤田村长说着便和警防队长大内先生等人一起先回去了。

只留下二宫警佐，走到我面前，低声说道：“今天晚上的事，我们就不打算通报了。”

二宫警佐走了之后，下面农家的中井先生既担心又紧张地问我：

“二宫先生对你说了什么？”

我回答：“他说，这件事就不往上通报了！”这时，那些站在围墙边的邻居们听了我的回答，一边说着：“喔！是吗？”“喔！太好了！”“啊！幸好没事！”一面一哄而散了。

中井先生向我道了晚安后告辞，只剩我自己一个人呆呆地站在柴火堆旁，眼中闪着泪水，望向天空，发现天也快亮了。

到浴室洗了手脚和脸后，不知道为什么，我有点儿害怕见到妈妈，在浴室里磨蹭着梳整了头发，然后向厨房走去，心想天亮前，就整理整理厨房好了。

等到天亮，我蹑手蹑脚地走到客厅一看，发现妈妈早已换好衣服，好像很累地坐在椅子上，看到我，微笑了一下，可是脸色却苍白得吓人。

我笑不出来，只是静静地走到妈妈椅子后。

不久后，妈妈开口道：“没什么事啦！只不过是柴火着了火罢了！”

我突然觉得很好笑，呵呵地笑出声来，想起圣经上的箴言：“一句话说得合宜，就如金苹果在银网子里。”我觉得自己有这么好的妈妈，真的很幸福，不觉深深感恩着。昨天晚上的事已经是昨天晚上的事了，就不要再闷闷不乐了！我从房间里开着的窗户，望向早晨伊豆的大海，一直站在母亲的身后，两人的呼吸在不知不觉间起伏一致，完美地呼应着。

早上吃过简单的早餐后，我就开始整理烧成一片余烬的柴火堆，这村落里唯一一家旅店的老板娘阿作嫂，从院子的小木门一路跑着进来，一路喊着：

“怎么啦？怎么啦？发生什么事了？我也是刚刚才听说的，哎！到底昨天夜里发生什么事了？”

阿作嫂眼中泛着泪光。

我小声道歉：“对不起！”

“还说什么对不起的，哪儿的话！倒是，小姐呀，警察那边怎么说呢？”

“说没关系！”

“啊！那就好了！”她一副打从心底开心的表情。

我找阿作嫂商量：因为昨晚让大家虚惊一场，应该用什么样的形式向村里人道谢，还有致歉呢？阿作嫂说，看来还是包钱好了，但她也告诉我，哪些人家是需要登门道谢的。

“不过，小姐，如果觉得一个人去不好意思的话，我可以陪你一起去！”

“是不是应该自己一个人去，比较好呢？”

“你自己可以吗？那么，最好还是一个人去吧！”

“好，我自己去。”

然后，阿作嫂也留下来帮忙整理了一下烧过的柴火堆。

整理好之后，我向妈妈要了钱，用纸各自包好一张张的百元钞票，然后在上面写下致歉的字样。

首先，第一站来到村民办公室，由于村长藤田先生不在，所以我将纸包交给柜台的小姐，并道歉说：

“昨天晚上发生的事很抱歉，以后我会小心的，请原谅我的不慎，并请你代我向村长先生致意。”

接着，我去了警防队长大内先生家。大内先生走出玄关看着我，不发一语，露出有点儿凄惨的笑容，我不知道为什么泫然欲泣。

“昨天晚上，非常抱歉！”

话一说完，我就急着告辞，路上不禁泪湿衣襟，脸也哭花了，不得已，只好回家一趟，在洗脸槽洗了把脸，重新上妆，准备出门，正在玄关穿鞋时，妈妈追了出来。

“你还要出去呀？”

“嗯！现在就要出门！”

我头也不抬地回答。

“辛苦了！”妈妈平静地说道。

因为方才从妈妈深厚的母爱中得到坚强的力量，所以，这一次挨家挨户拜访时，我再没有掉眼泪了，很快便将所有的礼都送完。

接着，来到派出所所长家。所长不在，出来的人好像是儿媳妇，看着我，她反而先掉了泪。我又去警佐那里，二宫先生只是不断地说：“幸好！幸好！”大家都很亲切而善良。再绕去附近的邻居家，还是得到众人的同情与安慰。只有前面邻居西山家的媳妇，虽说是媳妇，也已是四十好几的伯母，着实挨了她一顿好骂。

“以后请小心点儿吧！我是不知道你们究竟是什么大户人家啦！不过，之前看着你们每天悠哉游哉地过日子，心里就挺担心，看起来，你们真的就像两个小孩在过家家的样子，要说一直没发生火灾，那才是奇事一桩呢！真的，请你们以后一定要小心啦！全是因为昨儿个晚上没有风，我们才会平安无事，你知道吗？如果风大点儿，就可能将全村都给烧了呢！”

想到昨天晚上，这西山家的媳妇，还有山下农家的中井先生等人，跑到村长先生和警佐二宫先生面前，拼命为我辩解：“这根本不算什么火灾啦！”他们不断护卫着我，可是一走到围墙外，就大声喊着：“浴室全给烧了啦！”“都是用炉火不小心啦！”他们全都是这样没心机的人。可是说实在的，我对西山媳妇的愤怒，才真正感觉有真实感，因为事实本来就是这样的。我一点儿也不恼恨西山先生的媳妇，虽然妈妈开玩笑地安慰说：“不过只是柴火着了火。”可是，如果昨天晚上的风真的很大，诚如西山先生媳妇所说，也许整个村庄都给烧光了呢！如果真的这样，我就算死了，也无法谢罪于万一呀！若自己死了，妈妈更不可能活着，而且还会污蔑了死去父亲的美名呢！虽然，现在我们已经不是什么皇亲国戚，更不是什么贵族了，可是如果一定要死，最好还是死得轰轰烈烈比较好。像这种酿成火灾，才以死谢罪的丢脸事，也很不名誉吧！总之，我需要更谨慎小心点儿才行。

从第二天开始，我就很认真于厨事，山下农家的中井先生的女儿也经常来帮忙。我发现，自从自己演出失火的丑事后，好像体内流的血液也变得比较赤黑，之前，甚至有心地险恶的毒蛇盘住在胸口，而现在连血色也稍微有点儿改变，我终于变成一个充满野性、质朴的乡下女孩。奇怪的是，连和妈妈一起坐在走廊编织，我也开始觉得无聊、气闷，还不如走到田里拿起锄头铲土，感觉比较轻松、愉快。

所谓的“劳动筋骨”，像这样使用劳力的工作，对我来说，并不是第一次了。战争时，我也曾经被征召，连现在下田时穿的鞋子，也是当时军队配给的，这种做粗活穿的鞋子，当时根本是打自己出生以来，从没穿过的，没想到一穿之后，却发现出乎意料的舒服。穿着它，走在院子里，就像小鸟踩跳在地上一样轻盈，并很清楚地知道，我内心竟然高兴到微微有点儿痛楚，这是战争中唯一留下的记忆，想来战争真的是很无聊的一件事呀！

去年！什么也没有！

前年也什么都没有！

这之前，更是什么都没有！

如此有趣的诗刊载在战争结束后某一份报纸上。真的！现在回想起来，战争时确实曾经发生过各式各样的事，可是即使如此，我还是觉得就像“什么也没有”一样。我不喜欢追忆，也讨厌听闻任何有关战争的事，战争虽然造成那么多人死亡，却是陈腐且无聊的事，或许自己真的很“我行我素”吧？对我来说，战争唯一留下的只有被征召时，穿着这种干粗活的鞋子的回忆了，只有这一段回忆让人感觉战争没那么无聊。虽然战争是一段相当讨厌的回忆，可是身体却因此变得结实了，让今天的我即使饱受生活折磨，却也好像只是昔日生活的重现罢了，不再深以为苦。

当战况愈来愈吃紧时，穿着军服的男子来到西片町的家中，交给我征召的信，还有一张写着劳动排班表的纸张。看到排班表，我发现自己从第二天开始，必须每隔一天到立川的深山报到，不觉红了眼睛。

“不能找代理人吗？”

我眼泪不停地往下流，最后还啜泣起来。

那男人很坚定地回答：“军中决定要征用你，所以非得本人不可！”

我只好去了。

第二天下雨，我们在立川的山脚下排队，首先听长官的训词。

他以“我们一定要打赢这场战争”这句话起头，接着说：

“战争一定会赢的！可是各位如果不能按军方的命令行事，一定会妨碍到作战，落得冲绳一样的结果，所以，希望你们一定要听命行事，因为将来这座山里也可能潜入间谍，所以请彼此多加注意，各位以后也像军人一样，会深入阵营工作，所以绝对不可将阵营的状况随意告诉他人，请特别注意小心。”

山上雨雾迷蒙，男女合计有五百名队员，冒雨站着聆听训示，队员中也有国民学校的男女学生，大家都冷得哭丧着脸，雨浸湿了我的雨衣，渗进上衣里，不久甚至浸湿了内衣。

这一天，整天都在扛流笼的网篮，在回程的电车里，我泪流不止。第二次以后，有时就做拉绳的工作，对我来说，这工作最有趣了。

第二次、第三次，以及之后每到山上时，小学男生们总直盯着我看。某一天，当我又在扛网篮时，两三个男学生和我擦身而过，然后我听见其中一个人小声说着：

“那家伙是不是间谍呀？”

害我吓了一大跳。

“为什么他们要这么说呢？”

我问旁边一起扛网篮的年轻女孩。

“因为你看起来很像外国人。”年轻女孩一脸认真地说道。

“你也觉得我是间谍吗？”

“不会！”这一次她带着些许笑容答道。

“我是日本人啦！”我也觉得自己的话好像很蠢又没品味，于是一个人窃笑了起来。

某一个天气晴朗的日子里，我从一早就和男人们一起锯圆木，负责监视我们的年轻军官皱着眉，指着我说：

“喂！喂！你！就是你！过来一下！”

然后，他飞快走向松树林里，我的脑海中则充满了不安与恐怖的念头，默默跟在他身后，不久发现林子里堆满刚从制木厂运来的木板。军官在木头后站定，快速回头面向我。

“你每一次一定都很累吧！今天只要做一件事就好了，请你看守这些木材。”

说着，他露出洁白的牙齿一笑。

“只要站在这儿吗？”

“这儿又凉快又安静，所以你也可以在木板上睡午觉，如果觉得很无聊的话，也许也可以读一读这个。”

说着，他从上衣的口袋里取出小小的文库本，好像很害羞，便扔在木板上。

“虽然只是这种书，不过请你也顺便看看吧！”

文库本上写着《三头马车》。

我捡起这本书说：“非常谢谢你。我们家也有人很喜欢书，不过现在去了南方！”

听我说完，对方好像会错意了，摇摇头说：

“啊！是吗？是你丈夫呀？去南方了吗？很辛苦喔！”

然后留下一句：“总之，今天你先在这儿看顾这些木材，便当我待会儿再帮你拿过来，所以好好休息一下吧！”

说完，快步回去了。

我坐在木板上，读起文库本，大概读到一半，那位军官就响着“喀！喀！喀！”的鞋音走了过来说：

“我帮你把便当拿来了，你一个人一定很无聊吧！”

说着，他将便当放在草原上，很快就回头走了。

我吃完便当，趴在木材上，躺着看书，等到整本书都看完后，不知不觉就开始睡起午觉。

等到醒来，已经过了下午三点。我突然觉得之前好像在哪里见过这位年轻军官，可是想来想去，就是想不起来。我从木材堆上跳了下来，抚了抚睡得一团乱的头发，耳边又再次响起“喀！喀！喀！”的鞋音。

“今天辛苦了，你可以回去了！”

我跑向军官处，掏出文库本，想说些道谢的话，却说不出口，便静静仰头看着军官的脸。当两人四目相对时，我不知不觉流出眼泪，哗啦啦不可收拾，然后发现，军官的眼中也闪着泪光。

我们就这样默默地分开了，自此之后，就再也没有在工作场上见到这位年轻的军官。那天虽然玩了一整天，可是之后还是得每隔一天到立川的山上做辛苦的工作。妈妈非常担心我的身体，可是我却反而变得更健康，直到现在我还对这种粗活微微抱着自信，变成一个对农事不觉得特别辛苦的女孩。

有关战争的种种，我既不想谈也不想听，可是话虽如此，还是不知不觉道出自己“宝贵的经验谈”，在我的战争追忆中，如果还想回忆一下的话，应该只有这件事了，至于其他一切，就像这首诗中所写：

去年！什么也没有！
前年也什么都没有！
这之前，更是什么都没有！

记忆中最想说的事，也只有这一件事了，确实有点儿愚蠢可笑，战争留在我身上的记忆，竟然徒剩现在脚上穿的这双鞋了。

从脚下这双鞋，不觉间脱离主题，说了一些没用的话，可是对我来说，战争唯一留下的纪念品，就只有脚下的这双鞋。每天来到田里，心底深处有着微微的不安与焦躁，因为清楚可见的，母亲明显日复一日衰老的模样。

蛇蛋！

火灾！

从那时候开始，妈妈已显著有了病态，而我却反而渐渐出现粗鲁、下流的味道，好像不断从母亲身上吸取着元气，而变得愈来愈胖。

甚至连火灾时，妈妈也只是开玩笑地说：“不过只是柴火着了火。”她唯一只说了这么一句话，之后，她对火灾的事就绝口不提了，好像在安慰我一般。可是，我相信当时妈妈内心里受到的震撼绝对比我强烈十倍以上，因为自从那场火灾过后，妈妈有时会半夜呻吟，而且在风大的夜晚，总是假装要上厕所，深夜时几度下床在家里到处巡视。然后，她的脸色也一直都不开朗，有时甚至难得看到她下床走动。之前，妈妈虽然也曾答应过要帮忙农事，可是，有一次请妈妈帮忙从井里用大水桶提了五六次水到田里，第二天她就腰酸背痛，甚至没办法起床，整天都躺在床上。因为发生这种事，所以她也好像对农事死了心一样，纵使偶尔到田里来，也只是静静在一旁看我劳动罢了。

“喜欢夏天的花，就会在夏季死亡，这事不知道是不是真的？”

今天妈妈也一直站在一旁看我忙农事，突然没头没脑地说了这么一句话。

我正默默地给茄子浇水。啊！这么一说，倒想起，夏天到了！

“我好喜欢合欢花喔！可是这院子里却一株也没有！”妈妈又开口。

“这院里不是有很多夹竹桃吗？”我故意用冷淡的口气回答。

“我讨厌那种花。虽然夏天的花，我大部分都很喜欢，却独独嫌它太泼辣了！”

“我觉得玫瑰花比较漂亮！而且玫瑰花是一年四季都开花的，照你这么说起来，喜欢玫瑰花的人是不是得春天死一次、夏天死一次、秋天死一次、冬天再死一次，非得死个四次才行吗？”

两人相视而笑。

“要不要休息一下？”

妈妈一边笑，一边说：“今天我有件事想和你商量一下！”

“什么事？如果又是要说‘死’的事，我可是敬谢不敏喔！”

我跟在妈妈身后，并肩坐在瓜藤棚下，藤蔓上的花已经谢了，温煦的午后阳光穿过叶子，落在我俩的膝盖上，将膝盖染成绿意盎然的一片。

“其实之前就一直很想找你谈一谈，不过想来想去，还是得在两人心情都很好的时候再谈，好不容易等到今天，反正也不是什么好事，也不知道为什么，今天就很想找你说一说。来！请你也忍耐一下，听我说完，其实，直治他还活着！”

我全身都僵住了。

“五六天前，收到你和田舅舅寄来的信，以前在你舅舅公司工作的人，最近从南方回来了，到你舅舅那儿拜访，东拉西扯一番后，那人突然提起和直治同一个部队，说直治很平安，而且也知道直治快退伍回家了。嗯，可是，还有一件不好的事，那人说，直治好像有很严重的毒瘾。”

“又来了？”

我好像吃了很苦的东西一样，嘴巴都歪了。直治高中时，模仿某些小说家的行为，染上了毒瘾，因此向毒贩借了一笔很可观的钱，妈妈为了还债，整整花了两年的时间。

“对呀！不过好像才刚开始染上的样子，若没办法戒掉，也不会允许他退伍，所以那个人说一定是医好了，部队才会放他回来。舅舅的信上说，虽然是戒了才会回来，可是有这种行为的人是不可能马上找到工作的。想要在现在如此混乱的东京工作，一般寻常人也都快疯了，更何况是这种曾经有毒瘾的半个病人呢？他一定会马上疯掉的，到时候做出什么样的事来，我们就不知道了。所以，如果直治一回来，马上把他带回伊豆这山庄来，哪里也不许他去，最好在这里好好静养。这是第一点，然后，和子，舅舅还说了一件事，那就是，我们已经都没钱了，又碰上存款冻结[①]、财产税[②]等等，舅舅他要像以前一样送钱来给我们，好像已经不太可能，而且直治就要回来了，妈妈、直治与和子三个人要是再像以前一样轻松过日子，舅舅势必要为这些生活费辛苦奔波不可。所以，趁现在要我们决定一下，和子，你究竟是要嫁人，还是要找个东家工作去？舅舅信上是这么写的……”

“找东家的意思是……去当女佣？”

“不是啦！舅舅是说……哎呀！就是那个马场。”

说着，她举了某个大官的名字。

“他的意思是，如果是这个大官，与我们既有血缘，而且现在也正

---

① 日本在一九四六年二月十七日所实行的金融紧急措施，冻结存款，在一定范围内冻结现金的付款。

② 对财产所有人课征的税赋总称，有一般财产税、遗产税、赠与税、固定资产税等。

在找家庭老师，虽然话说是女佣，可是对和子来说，至少不会感觉那么难堪吧！”

“大概也没有其他的工作吧！”

“舅舅说，其他职业对和子来说，根本太勉强了。”

“为什么勉强？嗯！为什么会太勉强？”

虽然妈妈很落寞地笑着，却什么话也答不上来。

“我讨厌听这种话！”

我想自己是有点儿胡言乱语了，可是却停不了口。

“我……我……我这鞋子……这鞋子……”

我一开口，眼泪就掉了下来，不觉“哇”地一声大哭起来，而后抬起脸，用手背擦拭着眼泪，面对妈妈，心里想着：不可以！和子！不可以这样！可是话语却像毫无意识，且和肉体不相干般，滔滔不绝脱口而出。

“那时候……那时候妈妈不也说了吗？就是因为有和子在，就是因为和子陪着你，所以妈妈才会来伊豆的，你不是这么说过吗？不是说过，要不是和子在，你就会去死，不是吗？所以，所以就因为这样，所以和子才会哪里也不敢去的，一直陪在妈妈身边，穿着这双鞋子，就为了想种一些妈妈喜欢吃的蔬菜，我满脑子都是这种念头，你是不是听到直治快回来了，突然觉得女儿很碍眼，所以才要我去做大官的下女，太过分了！真的太过分了！”

虽然我知道自己说了不该说的话，可是这些话就像是不相干、不受控制的生物般，无论如何都无法停止下来。

“穷了，没钱了，把我们的和服都变卖了，不就好了吗？把这间房子也给卖了，不就好了吗？还是有办法的，我也可以去应征村庄公所的女办事员嘛！如果公所不用我，再去做粗活嘛！穷没有关系呀，只要妈妈疼我，我会想一辈子留在妈妈的身边，可是没想到妈妈还是觉得直治比我可爱，我出去好了，我就出去好了！反正，我从以前就和直治个性不合，三个人要一起生活的话，对彼此都不好。这么久以来，我也和妈妈两人相依为命过来了，想来也已经没有什么好遗憾的，以后就让直治陪着妈妈过，然后让直治孝顺你好了。我……我已经不行了，我已经不想过这种生活了，我出去，出去好了！今天马上就离开，现在就离开！”

我立即站了起来。

“和子！”

妈妈厉声叫道，然后用我从不曾见过的严厉表情，忽地站起身来，和我面面相对，身高感觉好像还比我高了些。

虽然我很想马上向妈妈道歉，可是却无论如何开不了口，反而还冒出别的话来。

“你骗我，妈妈，你骗我，一直到直治回来之前，都一直在利用我，我只是妈妈的下女，等到没有用了，就要我滚去大官家里！”

忽然“哇”的一声，我站着号啕大哭起来。

“你真笨呀！”

妈妈低沉颤抖的声音里充满着愤怒。

我抬起头：“是啊，我笨嘛，我就是笨嘛，才会被你骗了！就是因为笨，才会碍了你的事，是不是我不在比较好？穷到底是怎么回事？钱到底是怎么回事？我都不知道，我什么都不知道！我就只相信爱，只相信妈妈的爱，就只凭着相信、知道妈妈的爱活过来的！”又是一串毫不理性的胡言乱语。

妈妈突然转过头去，哭了起来。我虽然想道歉，想抱住妈妈，请她原谅我，可是方才一直忙田里的事，手很脏，让我有点儿介意，嘴上却还是不可理喻地胡说着。

“反正没有我就好了，是吧？我现在就出去，我有地方可以去！”

我抛下这句话，就快步跑到浴室，一边啜泣着，一边把脸和手洗了洗，回到房间，想要换衣服，却更大声地哭了起来，而且欲罢不能愈哭愈大声。我只好跑上二楼，把自己抛在床上，棉被蒙头盖上，哭得呼天抢地，好像神志也有些不清楚起来，渐渐的我对某人涌现出一阵强烈的爱恋、孺慕之情，心里很想见他、很想听他的声音，无端的思念欲罢不能，两脚的掌心好像被针灸般灼烫，是一种很奇特的感觉。

快到傍晚时，妈妈静静地来到二楼客房，“啪”地一声打开灯，然后慢慢走向我的床边，用无比温柔的声音喊着：

“和子！”

“嗯！”

我坐起身来，两手拢了拢头发，看着母亲的脸，“扑哧”笑了出来。

妈妈也淡淡地微笑着，然后走到窗下的沙发里坐下来，把整个身体埋在沙发里。

“我呀！打从出生以来，第一次违背了和田舅舅的话。妈妈刚刚写了回信给舅舅，告诉他，孩子的事就交给我自己处理吧！和子，把和服给卖了，将两个人的和服都给卖了，狠狠地花它一笔钱，过一过奢侈的生活吧！我已经不想再让你做田里的事了，去买贵一点的蔬菜，好不好？让你每天忙农事，真的太难为你了。”

事实上，每天下田对我来说，确实有点儿辛苦，刚刚那一场好像疯了一样的哭闹，或许是因为长久以来忙于农事的辛劳和悲伤的情绪交杂在一起，变得很不甘心、很烦躁吧！

我坐在床上，别过了脸，沉默不语。

“和子！”

“嗯！”

“你刚刚说，你也有可以去的地方，是哪里呀？”

我发现自己脸红了，红到耳根子。

“是细田先生吗？”

我静默不语。

妈妈深深地叹了一口气。

“可不可以谈谈以前的事？”

“你说呀！”

我小声回答。

“你从山木家出来，回到西片町的家中时，妈妈本来打算不问你任何事的，只是说了一句话：‘你背叛了妈妈。’还记得吗？然后你就哭出来了。我知道不应该用‘背叛’这样过分的字眼，可是……”

可是，我当时听见妈妈这么说，不知怎么的，很感激，因此喜极而泣。

“妈妈那时说你背叛，并不是指离开山木家的事，是因为山木他说，其实是和子和细田正在恋爱，我当时说背叛是指这件事。那时听他这么说，真的连脸色都变了，因为细田先生在这之前，早已有了太太和小孩，不管你多么喜欢他，都是没办法的事呀！”

“说什么恋爱，简直太过分了！都是山木他自己胡思乱想的！”

“是吗？你该不会还忘怀不了细田先生吧？你说有地方可去，是指哪里？”

“不是细田那里！”

“是吗？那么，是哪里呢？”

“妈妈！前一阵子我仔细想了一想，人类和其他动物迥然不同的地方，究竟是哪里？不管是言语、智慧、思考、社会秩序等等，虽然或许有某种程度的差别，可是其他动物也都有，不是吗？或许他们也有信仰呢！人类虽然自诩是万物之灵，骄傲得很，可是好像与其他动物本质上没什么不一样，不是吗？不过，只有一点，我不知道妈妈你知不知道，其他动物绝对没有，只有人类身上才有的是什么？我觉得是‘秘密’，你说对不对？”

妈妈微微红了脸，笑得很美。

“啊！和子的秘密如果能有好的结果，那就好了！妈妈每天早上都向爸爸祈求和子一定要幸福呢！”

我心里突然回想起，曾经和爸爸一块儿到“那须野”兜风，中途下了车，当时秋天原野的景致好美好美，遍地都是胡枝子花、女郎花等秋天的花草盛开着，而野葡萄的果实也很青绿呢！

然后和父亲在琵琶湖乘船，我把脚伸入水中，栖息在水草间的小鱼游到脚边，湖底清晰映照着我的脚影，我把脚前后用力摆荡着。这回忆虽然和现在这件事没有任何关联，却不知怎么突然出现眼前，并且很快消失不见。

我从床上滑下来，抱住妈妈的膝盖，终于可以开口道歉。

“妈妈，刚刚真的很对不起！”

想起来，那一天的阳光好像是我们幸福的余烬，散发着最后的光辉，不久之后，直治就从南方回来了，从此我们开始坠入真正的炼狱。

3

无论如何再也活不下去的孤独、寂寞，是否就是所谓的“不安”的情感？胸口满是凄风苦雨，然后随着快速移动的白云相继飘过夕阳染红的天空，我的心脏好像时而被揪紧，时而放松，脉搏时而停滞，呼吸变得稀薄，眼前一片黑，全身的力量瞬间从指尖流失，再也没办法继续编织了。

这一阵子一直都是阴雨连绵的天气，不管做什么，我都打不起劲来，显得意兴阑珊的。今天我将藤椅搬到客厅走廊上，突然很想将今年春天织到一半就丢开的毛衣继续织完。那是带着淡淡牡丹色泽的毛线，我想在里面加一点儿瓷蓝色，织成毛衣。而这淡牡丹色的毛线是从距今二十年前，当我还在读小学时，妈妈打给我的围巾上拆下来的毛线。那时候，当我将围巾的一端当成头巾戴在头上，照照镜子，觉得自己就像一个讨厌的小鬼。更因为围巾的颜色与其他同学的围巾颜色完全不同，所以我很讨厌它，讨厌得不得了。虽然关西的纳税大户[1]同学曾经用很成熟的语气赞美说："好漂亮的围巾喔！"可是我还是觉得很丢脸，从同学说过这句话后，我就再也没围过这条围巾，将它永远打入冷宫。

今年春天突然产生了败部复活的念头，我便想把围巾给拆了，打成给自己穿的毛衣。可是再怎么说，我还是不太喜欢这种混浊的色彩，所以打了一半又丢开。今天也不知怎么搞的，突然找了出来，很想慢慢地继续打打看，不过在编织的时候，淡牡丹色的毛线与灰蒙蒙的雨空竟融合成一种无法形容的柔美色调，这是过去的我从来不知道的——衣服的色泽还要考虑与天空色调的协调性。

所谓的"协调"是一件很美很棒的事，带着一点儿惊讶与愕然的感觉。灰蒙蒙的雨空和淡牡丹色的毛线，两者的组合让彼此都不可思议地生动了起来。我手上拿着的毛线好像突然变得很温暖，而冷漠的雨空也忽地变得柔和，这使我想起莫奈[2]的画——《雾中的教堂》，手上的毛线，让我第一次知道什么叫作"雅"，这真是高雅啊！

妈妈因为清楚知道，冬天的雪空与这淡牡丹色是很协调的美丽色彩，所以刻意选了给我，没想到我却愚蠢到不喜欢它，可是妈妈从来没逼迫她的孩子非得围它不可，反而听任我将它摆在一边、置之不理。而

---

① 缴纳大笔税赋的人。

② 莫奈（1840年11月14日—1926年12月5日），法国画家，被誉为"印象派领导者"，是印象派代表人物和创始人之一，代表作品有《日出·印象》、《睡莲》等。

自己真正了解到这色彩之美，竟然是事隔二十年之久的现在。在这期间，妈妈从没说明过任何一句形容这色彩之美的话，总是假装不知道地静静等候着我的觉醒。在这一刻，我深刻地感觉到，自己的妈妈真是一位好母亲，同时也觉得这么好的母亲竟听任我和直治两人欺负她，让她烦恼，并打击她，现在甚至还要害死她。

我心中突然涌现出很恐怖、忧心的感觉，而就在不断、不断的胡思乱想中，我感觉前途无比可怕与险峻，也涌现出无论如何都再也活不下去的不安感。我的四肢骤然无力，只好将打毛线棒丢在膝盖上，大大叹了一口气，然后仰起脸，闭上眼睛，不觉喊了一声："妈妈！"

妈妈正靠在客厅一角的桌上看书，很奇怪地回应道："什么事？"

我不知如何解释，只好更大声地回答："玫瑰花终于开花了！妈，你知道吗？我现在才发现，终于开花了！"

那是客厅走廊前方的玫瑰花丛，是和田舅舅之前不知道从英国还是法国——记不清了——总之是从很远很远的地方带回来的玫瑰花，两三个月以前，舅舅将它移植到这山庄的庭院来。直到今天早上我才发现终于开了一朵花，虽然之前已经发现玫瑰花开了，可是因为我害羞，只好把方才的叹息说成是刚刚发现玫瑰花开，故意装成大惊小怪的模样。这朵花是很深的紫红色，有一种孤芳自赏的傲气。

"我知道呀！"

妈妈静静地继续说："对你来说，这种事好像很重要喔！"

"或许是吧！我这样，会很可怜吗？"

"不会呀！虽然之前说过，你也有可以去的地方，可是，看起来你是如此喜欢在厨房的柴火箱上贴雷诺阿①的画，喜欢做娃娃的手帕，也这么在意院子里的玫瑰花，听你形容它们的模样，简直好像在说人呢！”

“这是因为我没有孩子的缘故。”

我忽然脱口而出，连自己都没想到会说出这种话来，可是说完好像松了口气，扯动着膝盖上的毛线。

“因为已经二十九岁了。”

曾经说过这句话的男人的声音，好像听电话般清晰地在耳边响起，我很不好意思，脸颊通红，几乎灼烧起来。

妈妈什么也没说，还是继续看着书，她从前一阵子开始就戴起了纱布口罩，不知道是不是因为这个，她最近总是很沉默。其实，妈妈之所以会戴起口罩来，也是因为听了直治的话，直治在十天以前，从南方岛上晒得一脸黝黑地回来了。

没有提到任何之前的事，在夏天的黄昏中，直治从里面的木门一路走进庭院来。

“哇！好惨呀，真没品味的房子，好像来来轩啊！干脆贴一张‘这里卖烧卖’的牌子吧！”

这就是隔了许久再见面时，直治对我的问候语。

从直治回来的两三天前开始，妈妈就因为舌头痛而病倒，虽然舌尖看不出有什么异样，可是一动就痛得不得了，连饭也只能吃很稀的稀

① 雷诺阿（1841年—1919年），著名法国印象派画家，雕刻家，代表作有《包厢》、《红磨坊街的露天舞会》等。

饭，问她：“要不要看医生？”母亲也只是一径地摇头。

“会被人家笑！”妈妈苦笑着说道。虽然已经帮她抹了药水，可是好像一点儿也没效果的样子，我不禁开始焦急起来。

然后，直治回来了。

直治坐在妈妈的枕边，说了一声“我回来了！”算是打了招呼，马上站起来，在屋里四处绕来绕去，我跟在他身后走了出来。

“怎么样？妈妈变了吗？”

“变了，变了，憔悴得很，还是快点儿死了好。活在这样的世上，妈妈根本就受不了的，看起来好惨呀！”

“我呢？”

“变得好俗气！脸上好像写着有两三个男人的样子，真讨厌！酒呢？今晚喝一杯吧！”

于是我到村庄唯一的旅店去，向老板娘阿作嫂说，弟弟回来了，请她卖点儿酒给我。可是阿作嫂说，很不巧，酒正好卖完了，所以我只好回去告诉直治，直治露出我从没看过的陌生表情说：“呸！你太不会交涉了吧！”他问了我旅店的地点，就穿着拖鞋飞奔出去，然后不管怎么等都没有回来。我煮了一些直治喜欢吃的好菜，餐厅里也换上了亮一点的灯泡，等了很久很久，他都没有回来，这时候，阿作嫂却从厨房门口露出脸来。

“喂！没关系，他现在正在喝酒呢！”

她睁着一向圆滚滚的眼睛，好像碰到什么大事般，刻意压低了声音说道。

“喝酒？是在喝酒精吗？”

“虽然不是喝酒精！可是……”

“那么喝了也不会生病吧？”

“嗯！是啊！不过……”

“让他喝吧！”

阿作嫂好像吃了颗定心丸，点着头回去了。

我来到妈妈的房间说：

“他好像正在阿作嫂店里喝酒的样子。”

妈妈听完，嘴巴微微撇了一撇，笑着说：

“是吗？那么，毒瘾是戒了吧！你把饭给吃了，今天晚上我们就三个人在这房间睡，把直治的棉被铺在中间。”

我感觉自己快要哭出来了。

半夜里，响起直治沉重的脚步声，他回来了，钻进铺有我们三人棉被、唯一的一张蚊帐里。

“把南方的事说给妈妈听听，好不好？”我边睡边说。

“没事，没什么好说的，我统统忘了。一到达日本，上了火车，从火车的窗户望去，稻田无比美丽，让人都看傻了眼。就只有这样，我想说的就只有这一件事。把灯给关了吧，我要睡了。”

我把电灯熄了，夏天的月亮像美丽的潮水般淹没了整张蚊帐。

第二天一早，直治趴在床上，吸着香烟，远眺遥远的海的那一边。

“听说你舌头痛呀？”

他用好像第一次发现妈妈身体不好的语气说道。

妈妈只是淡淡地笑了一笑。

“这种痛一定是心理疾病！晚上都张着嘴巴睡觉，好丑！把口罩戴上，在纱布上喷点儿药水，然后将它放在口罩里就行了。”

我听完他的话，不禁为之绝倒。

“这叫什么疗法来着？”

“叫作‘美学疗法’！”

“可是妈妈一定不喜欢戴口罩呀！”

不止是口罩，其他如眼镜等任何戴在脸上的东西妈妈都很讨厌。

“妈，要不要戴口罩？”

听我一问，妈妈首度开口，低声回答：

“戴！”

我吓了一跳，妈妈好像对直治说的任何话都会听的样子。

我在吃完早餐之后，就照方才直治说的，在纱布上喷一点儿药水后，做成口罩，拿给妈妈。妈妈默默地收下，等到上床时，就老老实实将口罩两端的绳子套在耳后，真的很像年幼的小女孩，我看了觉得很难过。

中午过后，直治说自己一定得去找东京的朋友，那人是他文学方面的师长。于是就换上西装，向妈妈要了两千元，出发去东京。一去十天，音讯全无，妈妈还是每天戴着口罩，苦等直治回家。

“这药还真是好，戴了口罩，舌头就不痛了。”

妈妈苦笑着说道。可是我却觉得她是在说谎，嘴巴虽然说，“已经没事了！”可是，即使现在还能起床，却好像食欲全无的模样，话也变得少之又少，我非常担心。直治这个家伙到底在东京干什么呀？一定是和那个小说家上原一起游东京，搞不好又卷进了东京奢靡的疯狂行径中呢！我愈想就愈担心、愈痛苦，所以才会在与妈妈说玫瑰花开时，毫不自觉地脱口而出："我没有小孩。"真的很糟糕！

"啊！"

方才叫了一声后，我站起身来，自己也不知道要上哪儿去，只好百无聊赖地爬上楼梯，来到二楼的客房里。

四天前，我和妈妈商量过后，打算将这里暂时作为直治的房间，于是拜托山下农家的中井先生帮忙，将直治的衣柜、书桌、书橱及大概有五六箱之多、装满藏书及笔记本等的木箱，也就是直治西片町家里的房间内的东西全都给搬进来。心想等这一次直治从东京回来，就要他按自己喜欢的位置摆好，尽管现在眼前一团乱，我心里还是认为最好让直治自己做主比较好，所以成堆的东西堆得连走路的地方都没有了，到处都乱七八糟的，我也不以为意，顺手从脚边木箱中抽出一本直治的笔记本，封皮上写着：

夕颜日志

笔记本内随笔写着以下的文字，好像是直治染上毒瘾、深以为苦时的手记。

我痛苦得几乎就要死了！虽然好苦，却连一声"好苦！"也叫不出来。这是自盘古开天以来，未曾有过、始无前例的痛苦。

思想？骗人！主义？骗人！理想？骗人！秩序？骗人！诚实、真理、纯真？全都是骗人的！据说牛岛藤[①]树龄近千年，熊野藤[②]则有数百年树龄，听说它们的花穗前者最长九尺，后者也有五尺有余，而我的心只为这花穗悸动着。

那也是人子呀！活生生地活着！

道理终归只爱道理，而不是爱活着的人。

金钱与女人，道理只会羞赧地扬长而去。

比起历史、哲学、教育、宗教、法律、政治、经济、社会这些学问，还不如一个处女的微笑来得宝贵，这是浮士德[③]博士勇敢的证言。

所谓的学问，又名“虚荣”，只是人努力不想做人的行为罢了。

就因为真实，所以敢誓言，我也可以写得无比灵巧，整篇都没有错误，适度的滑稽，让读者看了以后，眼睛燃烧起莫名的悲哀。或者说，所谓的肃然起敬、正襟危坐般的完美小说，朗读起来只会让人觉得：好丢人呀！写得出来吗？杰作的思想是很粗鄙的，读小说还要正襟危坐，那简直是疯子的行径嘛！要这样，倒不如将大礼服也给穿出来吧！愈是好的作品，看起来愈不会一本正经。我只希望看见朋友会心一笑的笑容，一篇小说也可以故意写得失败、写得很差，然后夹着尾巴、抱头就

---

① 崎玉县春日部市东部牛岛的天然藤。

② 产原静冈县盘田郡丰田町行兴寺的天然藤。

③ 十六世纪德国传说中的人物。著名作家歌德亦为此传奇人物完成一部巨作《浮士德》。

跑，啊！若当时朋友很开心的话。

文不成文，人也没有应有的风情，只会吹响玩具喇叭，这里有一个全日本排名第一的傻瓜，祈祷平安幸福的爱情到底是什么呢？

朋友面露得意，这是那个家伙的怪癖，好可惜呀！被爱这回事根本就不存在。

这世上难道有不是坏人的人吗？

无聊透了！

我要钱！

否则，就让我长眠不起吧！

向毒贩借了上千元，今天悄悄带当铺老板来到家里，叫他看我屋里，可有什么值钱的东西，如果有的话就快拿去，因为我急需用钱。老板看也不看就说，“你房里根本没家具嘛！”“好！若是这样子的话，你就把我以前买的这些东西统统估价拿走好了！”我狂妄地说道，竟说我屋里这些东西都是废物，竟然没一样值钱的玩意儿！

首先，就拿这一尊手形的石膏像来说吧，这可是维纳斯的右手呢！像大丽花的手形，雪白的手，摆放在台子上，不过仔细一看，这可是维纳斯呢！她的全裸像会让男人惊艳到难以自持的地步，多么美丽动人、楚楚可怜的女神呀！而她身上的这一只手，手势散发着维纳斯的迷人气息，指尖没有指纹，手掌也没有一丝掌纹，无比白皙与细致。可是，再怎么说，却还是没有一点实用性的废物，当铺老板把价钱杀到了五十元。

其他，像是巴黎近郊的大地图，直径将近一尺的假象牙陀螺，可以写出如丝线般细致字体的特制笔，全部都是过去我为了收藏千古买的东西，可是老板却笑着说："容我告辞了！""等一下！"我大声制止，结果老板还是背走了如小山丘一般的书籍，而我只收到五元。他说书架上的书几乎都是廉价的文库本，假如他买了，还得看旧书商要不要收购呢！所以自然没什么价值，就这么便宜了。

我想变卖东西来解决千元债务，竟然只得到五块钱，在这世上，我的实力竟然只有这样，真是叫人哭笑不得。

太过分？可是不这么做，我就活不下去了。比起责备我的人，我还更感谢叫我去死的人，太痛快了！可是几乎很少有人敢叫我去死，真是卑鄙，他们全都是心机极深的伪君子。

正义？所谓阶级斗争的本质就只是这样罢了。人道？开玩笑，我也知道呀！为了自己的幸福而必须扳倒对方，杀了对方！这难道不是在宣告"你去死吧！"否则，这到底是什么呢？少骗人了！

可是，我们的阶级里没有这样正经的家伙，全都是白痴、幽灵、守财奴、疯狗、吹牛的人，还有装腔作势的人。

连要叫他们去死，都是一种浪费。

战争！日本的战争根本就是自暴自弃的行为。

我才不要卷入自暴自弃而死，我才不要！还是自己一个人悄悄地死吧！

人们在撒谎时，一定是一本正经的，那时候的指导员全都一本正经，呸！

好想和那种不屑被人尊敬的人一起玩啊！

可是真的有这么好的人，他们又都不屑和在我一起吧。

看了我装酷的样子，人们就说我早熟；看到我装懒的样子，人们就传言我懒散。要是故做有钱人的模样，人们又说我是个有钱人！要是假装冷淡，人们又说我是个冷酷的家伙。可是，当我真的很痛苦，不觉地呻吟起来时，人们竟然说我“假装”痛苦。

真是太不一致、太前后矛盾了！

结果，除了自寻死路之外，别无他途了吧！

即使是这么痛苦，可是，一想到必须以自杀来终结自己，也不免放声痛哭起来。

春天的早上，太阳照射在绽放了两三朵梅花的枝头，据说一名海德堡的年轻学生把自己吊死在梅花纤细的枝丫上。

“妈妈，骂我吧！”

“怎么骂？”

“骂我胆小鬼！”

“是吗？胆小鬼呀……嗯！你已经准备好了吗？”

妈妈是如此无可比拟的温柔与善良，只要一想到妈妈，我就忍不住想哭！为了向妈妈道歉，我只有一死！

原谅我吧！现在，就这一刻，请原谅我这一次吧！

一年一年，瞎着眼饲养小鹤，好惨啊！太胖了！（元旦试作）

吗啡、吗啡、吗啡、吗啡、吗啡、吗啡、吗啡……

什么是自尊？什么是自尊？

人类，不！当男人想到“我是很优秀的！”“我也有我的长处”时，会不会反而有点儿活不下去了呢？

讨厌人，被人讨厌！

考验理智吧！

严肃等于愚蠢。

总之，只要活着，绝对必须骗人！

某封借钱的信：

请答复！

请答复我！

然后请一定将回答快递寄给我。

我已经设想各种的屈辱，正在孤独地呻吟着。

我不是在演戏，绝对、绝对不是！

拜托你！求求你！

我几乎都快羞愧而死了！

绝对一点儿也不夸张。

每天、每天等着你的答复，夜以继日、日复一日不断惶恐地等待着你的回答。

求你不要让我吃闭门羹，

我听见墙壁传来偷偷讪笑的声音，半夜，只能躺在床上辗转难眠。

不要用耻笑的眼睛看我，

姐姐！

读到这里，我将这一本《夕颜日志》合了起来，放回木箱里，然后走到窗边，把窗户全都打开，俯看着雨中氤氲的庭院，并回忆起当时来。

已经六年了。直治沉溺于毒瘾，竟成为我离婚的原因。喔，不！不能这么说，即使直治没染上毒瘾，我早晚也会因为某个机缘，走上这一条路吧！好像打从出生时开始，我就有预感会发生这种事。直治因为向毒贩举债，所以经常向我借钱，那时我才刚嫁到山木家去，手头上不太方便，而且将婆家的钱偷偷支借给娘家的弟弟，这种事想是万万不可行，所以就和娘家带去陪嫁的奶妈阿关婶商量，把我的手镯、项链、衣物等都给变卖了。因为弟弟写信来恳求我“请借给我钱”。当时弟弟生活正痛苦，他觉得很丢脸，所以也不好意思与我见面，甚至通电话。所以信上只写着：

把钱托给阿关婶，送到住在京桥某路某段的公寓里，姐姐！你也应该听过主人的大名，那就是小说家上原先生。虽然社会对上原先生的风评不好，可是他绝对不是这样子的人，所以请放心将钱托放在上原先生处，上原先生会马上打电话通知我的，拜托请一定要这么做。我这一次染上毒瘾的事，请千万不要让妈妈知道，因为她知道了，一定会很担心的，所以，我希望能在妈妈还不知情时，赶快把毒瘾给戒了。这一次拿了姐姐的钱之后，一定会马上全数还清积欠毒贩的钱，然后就到盐原的别墅去，等到身体养好了就回家。真的！从还清积欠毒贩的钱的那一天开始，我一定会把毒瘾给戒掉，我对天发誓，请绝对相信我，不要告诉妈妈，尽快请阿关婶把钱送到上原先生的公寓，拜托你了。

正如上面所写的，我确实按照信上的指示，要阿关婶把钱偷偷送去上原先生的公寓。弟弟信中的誓言与之前一样，也都是谎言，后来他既没去盐原的别墅，毒瘾也只是越来越严重。可是，因为直治哀求着要借钱，以及几乎如悲鸣般痛苦的信文，和指天指地、信誓旦旦的模样，让我尽管心中有所怀疑“该不会又在骗人了吧！”还是不由自主要阿关婶卖了我的胸针，把钱送到上原先生的公寓里。

“上原先生是个什么样的人？”

“身材短小，脸色不太好，很傲慢的一个人。”阿关婶这么说。

"他本人很少在家，大部分时间好像都只有太太和一个年约六七岁的小女孩在家。这位太太虽然长得不太漂亮，可是却很温柔有礼，人看起来很好，所以，如果将钱交给那位太太，我想可能比较放心。"

当时的我和现在的我相较，不！根本无法比较！因为现在的我完全和从前的我不同，那时候的我是一个凡事糊涂、悠哉度日的人。可是，实在是因为陆续出借给直治的钱已经累积成一笔庞大的金额，我也不得不担心起来，于是有天出门返家时，直接在银座换车，一个人去找位于京桥的公寓。

那时候上原先生正一个人在房里看报纸，他身穿条纹的和服，上面套着一件深蓝的碎白点花纹外套，不知道如何形容他的年纪，应该说年轻，还是上了年纪？而且，还是我过去从来没见过的怪异长相，所以他给我的第一印象是很奇怪的。

"我太太现在和孩子一起去领配给品了。"

些微的鼻音，上原先生有一搭没一搭地说着，看来是将我误认为他太太的朋友了，等到我说出自己是直治的姐姐时，他不禁笑了起来，我却不知道为什么打了一个寒战。

"我们出去吧！"

话一说完，他已经披上了斗篷外套，并从鞋柜中取中一双新的木屐套在脚上，飞快地走向公寓大门的走廊。

外面正好是初冬的黄昏，风带着一点儿寒意，感觉好像是从腢田河吹来的河风。上原先生感觉好像抵着河风般，右肩微微上提，向筑地的方向默默走去，我小碎步快跑着，尾随在他身后。

进了东京剧场后面大楼的地下室，他为我拿了一个酒杯，并斟了一杯酒，我就着那个杯子喝了两杯，很奇怪的，没有一点儿异样。

上原先生喝着酒、抽着烟，始终没说一句话，我也很沉默，虽然这里是自己有生以来第一次见到的地方，却不知道为什么感觉很安心，心情好得不得了。

“若只是喝喝酒就好了！”

“咦？”

“不，我是说你弟弟，要是转成酒瘾就好了。我以前也曾染上毒瘾，那种感觉好可怕啊！虽然和酒瘾差不多，可是如果染上的是酒瘾的话，很奇怪的，人们通常非常愿意原谅，所以你就把弟弟当作染上酒瘾吧！好不好？”

“我曾经看过人家喝醉酒的模样，那时刚好是新年，我正打算出门时，我们家司机的朋友坐在汽车司机座位的旁边，脸红得像个鬼一样，还大声打着鼾呢！我因为害怕，所以叫了起来，不过司机说，那人只是喝醉了酒，没办法，一边说着，一边将那人靠在他自己的肩头，慢慢扶下车，后来也不知道带到哪里去了。那个人好像没骨头一样蜷缩成一团，嘴巴里不知道喃喃自语些什么，那是我第一次看到人家喝醉酒的模样，还蛮好玩的。”

“我也会喝醉酒！”

“咦？可是，应该不一样吧！”

“像你，也会喝醉酒呀！”

“才不会呢！我看过人家喝醉酒的模样，那种样子和我们完全不一样。”

上原先生好像第一次很高兴地笑了起来。

“那么，你弟弟搞不好也只是喝醉酒罢了！总之，把他当成喝醉酒好了，回去吧！时间太晚，可能不太方便，不是吗？”

“不会，没有关系的。”

“喔，不，其实是我不能再留下来了。结账吧！”

“会不会很贵，如果还不太贵的话，我身上有钱。”

“这样吗？那么，就让你结账吧！”

“钱不知道会不会不够啊！”

我看着皮包，告诉上原先生里头的钱数。

“带这么多钱，那还可以喝上两三家呢！真是爱说笑！”

上原先生皱着眉说道，然后笑了起来。

“要不要再上哪里去喝一杯？”听我问完，他却很正经地摇一摇头。

“不，已经喝够了。我帮你拦一部出租车，快回去吧！”

我们从地下室阴暗的楼梯，拾级而上，比我早一步的上原先生走到楼梯中段时，突然很快回过头来，飞快地在我嘴上亲了一下，我的双唇紧闭着，接受了他的吻。

其实也说不上特别喜欢上原先生，可是从这时候开始，我的心中有了“秘密”。当上原先生“喀、喀、喀”爬上楼梯，我也带着很奇异、透明的心情，慢慢地上了楼，一走到外面，清爽的河风拂面吹过，感觉舒服极了。

接着，上原先生就帮我招来了出租车，我俩沉默地分手了。

“我有了喜欢的人！”

某一天，因为被丈夫斥骂，顿觉寂寞，不经意说出这话来。

“我早就知道了，细田是吧？你无论如何都死不了心，是吧？”

我沉默不语。

每当发生任何不愉快的事，这个问题就会出现在我们夫妻之间，旧话重提。我想，我们可能已经完蛋了！就好像衣服的布料“咔嚓”一刀就要剪错的样子，没办法把这布料重新缝合起来，也只有全部丢掉，另外找一块新的布料了。

“难道你肚子里的孩子也是……”

某天夜里，当丈夫这么说时，我忍不住全身颤抖，惊骇得不得了。现在回想起来，当时自己和丈夫两个人都太年轻了，根本不懂得什么叫作“爱”，甚至也不知道什么是“情”。我只是很喜欢、很陶醉于细田先生的画，人家甚至有太太呢！我怎么可能和他建立什么美好、幸福的生活呢？可能因为我不论对任何人都说：“如果不能与拥有这么高雅志趣的人结婚，那这一桩婚姻也太没有意思了！”所以才会被大家误解。而我自己根本也不懂情、不懂爱，所以会丝毫不以为意地公然声称“很喜欢细田先生”，而且也从来没想过要化解别人对我的误会，所以才会酿成那么大的风波，甚至使得当时安睡在肚里的小小婴孩，也遭到丈夫怀疑。虽然后来我们之间没人公然要求离婚，可是却不知何时开始，我已不断遭到周遭的白眼，最后只好和陪嫁的阿关婶回到娘家，然后婴儿出生时就夭折了，而我也随之病倒，最后与山木之间就变成现在这个模样。

直治好像觉得自己对我的离婚，得负一些责任，所以知道这件事后大吵大闹：“我去死，我去死好了！”那时他脸上痛苦扭曲，甚至哭泣不止。等我问起到底弟弟向毒贩借了多少钱时，才发现那笔债已经变成一笔可怕的金额，而且，直到后来我才知道实际上的总额，根本不是弟弟所说的金额，而是那数字的三倍之多呢！

“我见到了上原先生，他人很好。以后我们两个一起去找上原先生喝酒，好不好？酒不是很便宜吗？如果只是喝酒的钱，我随时都可以给你呀！至于欠毒贩的钱，你就别再担心了，反正事情已经发生了嘛！”

当我说曾经和上原先生见过面，且上原先生是个好人后，弟弟高兴得乐不可支，当晚就向我要了钱，去找上原先生了。

上瘾或许更像是一种心理疾病吧！当我夸奖了上原先生，又向弟弟借了上原先生的著作来看，并不断夸说：“真了不起呀！”弟弟便觉得这姐姐好像“孺子可教”，很是高兴，且又推荐我读上原先生其他的书。当时我也认真读起上原先生的小说来，两个人一起讨论有关上原先生的种种，弟弟每天光明正大地到上原先生家玩，渐渐按照上原先生的计划，将兴趣转为喝酒。至于欠毒贩的钱，我去和妈妈偷偷商量。妈妈一只手捂住脸，半晌都不说话，许久后抬起脸，很辛酸又凄楚地笑了一笑说：“想来想去，也想不到什么好方法，虽然不知道究竟得还上多少年，也只好每个月还一点儿吧！”

自从那件事之后，已经过去六年了。

夕颜？哎！弟弟也好痛苦啊！而且，前途一片黯淡，根本不知道要做什么才好。或许直到现在，他都不知道应该如何是好，只是每天醉生梦死。

想一想，若他真的当了流氓，又会变成什么样呢？也许这么一来，弟弟可能比较轻松点儿吧！

到底有没有不是好人的人呢？虽然那本笔记本上这么写着，可是这么一说，我也不是好人，舅舅也不好，甚至连妈妈好像也很坏。因为或许所谓的不好，就是太温柔了，不是吗？

4

要不要写信，该怎么办？我曾经相当犹豫，可是今天早上突然想起某句话来——“驯良像鸽子，灵巧像蛇”[①]。很奇怪的，突然觉得精神百倍，于是决定要提笔写信给您，我是直治的姐姐，也许您已经忘了，如果忘了的话，请仔细回忆一下吧！

直治这一阵子老是叨扰您，给您制造很多麻烦，请原谅（不过，事实上，直治的事是直治自己的事，我替他道歉，感觉好像很没格调的样子）。今天，我不是为了直治而来，而是为了自己的事想麻烦您。我听直治说，您京桥的府上遭到不测，所以最近才搬到现在的住所，我很想前往您位于东京郊外的府上拜访，可是因为母亲最近这一阵子身体不

① 出自《圣经·新约》的马太福音第十章十六节，原文为：“灵巧像蛇，驯良像鸽子。”

好，我没办法弃母亲于不顾，自己一个人跑到东京去，所以只好写信问候您了。

我有事想与您商量。

以过去《女大学》[①]的立场来看，我的行为或许非常狡猾、粗鄙，甚至是很恶劣的犯罪行为，可是我们不可能再像这样下去了，身为直治在世上最最尊敬之人的您，能否听听我诚挚的心情，并给一些指点呢？

我再也无法忍受现在的生活了，这不是喜不喜欢、讨不讨厌的问题，而是我们母子三人好像再也无法活下去了。

我昨天也很痛苦，身体发热，几乎快要窒息，自己都不知该如何是好。午后时分，在雨中，山下农家的女儿扛着米上来，我按照约定给了衣服，那女孩在餐厅里与我坐下来喝茶时，用很真诚的口气说道：

“你老是在变卖东西，光靠这些东西，你想还能过多久的生活呀？”

“半年，或许一年左右吧！”

我回答，并用右手遮住半边脸说：

“好想睡啊！好想睡！”

“你太累了，可能是得了嗜睡的神经衰弱症。”

“是吗？”

眼泪好像快掉下来，突然心里涌现出“现实主义”、“浪漫主义”这样的字眼来。我不是一个现实主义者，所以是否还能像现在这样活下去？每念及此，我就感到全身哆嗦，满是寒意。妈妈已经是半个病人，

① 《女大学》为日本江户时代流传甚广的女子训诫书。教条主张要顺从父母、丈夫、公婆，并勤于家政。此处暗喻旧式的女子教育。

身体的状况时好时坏，而弟弟诚如您所知，是个心理罹患重症的大病人，在家的时候不是喝酒，就是到附近的旅店兼小餐馆报到，三天一次将我们的衣服卖了，拿了钱说要到东京出差。可是让我感觉痛苦的并不是这些事，而是我很害怕，害怕清清楚楚感觉自己的生命会被埋葬在如此的日常生活里，就像芭蕉叶不必散落一地就会腐烂一样，我也会站着、自然而然地枯槁而死。多可怕呀！我再也无法忍受了！所以就算是背叛了《女大学》教条，也好想从这样的生活中脱逃。

所以，希望能与您打个商量。

我现在很想向母亲和弟弟明白地宣布，很想明白地告诉他们：自己之前曾经爱上了一个人，我希望将来能以爱人的身份，与这个人共同生活。这个人，我想您也一定清楚地知道，他的名字缩写就是M·C。之前每当生活中有任何痛苦的事，我就很想逃到M·C那里去，让相思病中的自己活过来。

M·C与你一样有妻有子，也好像有比我更美丽、更年轻的女朋友，可是我感觉自己除了逃到M·C那儿外，就别无生路了。我还没有见过M·C的太太，听说好像是一位非常温柔的好女人，想到他太太时，就觉得自己是个可怕的女人。可是我觉得自己眼前的生活比这更可怕百倍、千倍以上，不得不仰靠M·C了，“驯良像鸽子，灵巧像蛇”，我的恋情是很渺小的。不过，不管是妈妈、弟弟，以及社会上所有的人，一定没人会赞成我，而您呢？所以到头来，我终究只能一个人思考，一个人行动，除此之外，就别无他法。每念及此，眼泪就会掉下来，这是我有生以来首次碰到的难题，而这难题是否真的这么难以得到周遭人们的祝福呢？好像有点儿在思考难解的代数或因子分解问题的答案般，我不断苦思、苦思，终于感觉某处有个可以漂亮解开难题的方法，于是变得开心起来。

可是，最重要的是M・C究竟如何看待我呢？一想到此，就不觉沮丧起来。说起来，或许自己是主动送上门的吧？应该怎么说呢？本来主动送上门的老婆就不行了，更何况是主动送上门的情人，所以如果M・C无论如何都不想要我的话，那就没戏可唱了，因此想拜托您帮我问一下他吧！在六年前的某一天，我的心中突然架起一道美丽轻柔的彩虹，它好像一直都没有消失，一直停驻在我心头，所以请你帮忙问一问他，好吗？他对我的感觉究竟如何？是不是也觉得像是雨后天空的彩虹？或者，是否许久以前，彩虹就已消失不见了呢？

祈求尽快得到您的答复。

上原二郎先生（我的契诃夫[①]，My Chekhov，M・C）

这一阵子我一点儿一点儿地胖了起来，深深觉得与其说自己愈来愈像动物性的女人，还不如说更像个“人”。这个夏天我只读了一本劳伦斯的小说。

因为之前的信一直没有得到您的回复，所以只好再一次提笔。请

---

① 俄国作家，留下为数甚多的幽默、讽刺短篇文章。其文字简洁，以描写日常生活的种种，来批评人类的媚俗。作品有幽默主义的风格，戏剧作品有《樱桃园》、《三姐妹》、《瓦尼伯父》、《海鸥》等。

问，您是否洞悉了，上一封信里满是我狡猾如蛇蝎般的诡计？真的，自己在一行一行的信纸中，绞尽脑汁、遣词造句，结果到头来，却只剩下唯一的意图，那就是：我只想要您拯救我痛苦的生活，只想要您的钱。你只将它看成是一封这样的信，是吗？我也不想否认，可是如果我真的只是想要找经济后援，很抱歉，我是不会特别选择您的，因为还有太多中意我的老富翁们。

事实上，到现在还有不少人上门来提亲，其中也有看起来不坏的姻缘呢！像这一位的姓名，我想你也应该知道才是，他已经是六十好几的单身汉，不知道是日本艺术院，还是哪里的一员，总之这位大师为了娶我，还专程跑到山庄来拜访呢！因为这位大师就住在我们西片町家附近，所以算来也是邻居，偶尔会见面。忘记究竟是什么时候了，只记得是一个秋天的黄昏，我和妈妈两人坐车经过这位大师家门前时，他竟然一人站在自家门前发呆，当妈妈从车窗与大师四目相对时，这位大师好像很害羞般，黝黑的脸色忽地红得比枫叶还红。

“看来是爱上人了吧！”我戏谑着说道，“是爱上了妈妈吗？”

妈妈一本正经地说：

“不是的，他是了不起的人呢！”

妈妈像是在自言自语，尊敬艺术家一向是我们家优良的家风。

这一位大师前几年丧偶，通过和田舅舅和某一位大官的介绍，向妈妈提亲，妈妈要我将自己的回答直接告诉这位大师，因为我不想要，所以想也不想便很流利地写了一封“很抱歉，我现在并没有结婚打算”等等的信。

“拒绝他，没关系吧？”我问。

“可以呀！都已经这样了……其实之前我就觉得不太可能。”妈妈答道。

当时因为大师人正在轻井泽的别墅，所以我直接将拒绝信寄到别墅去。第二天，他好像与那封信擦身而过，在因公前往伊豆温泉的途中亲自绕道我们家来，看起来好像一点儿都不知道有拒绝信的模样，突然就来到了我们家。或许所谓的艺术家就像这样，不管年纪再大，也会做出如此孩子气的事来。

因为妈妈的身体违和，所以只好由我出来接待客人，引进客厅奉茶。我说：“嗯！我想拒绝这个婚事的信现在应该已经到达轻井泽的府上吧！很抱歉！我仔细考虑过了，还是觉得……”

“是吗？”他很焦急地说着，并一边擦汗。

“不过，能不能请你再慎重地考虑一下，好吗？真不知道应该怎么说才好，或许我是不能带给你所谓精神上的幸福，可是相反，我在物质上是无论如何都能让你感到幸福的。就只有这一点，我可以清楚地给你保证。嗯，这番话或许说得太直白了点儿！”

“我是不太清楚字面上所谓‘幸福’是什么意思，也许这么说，你会觉得我很骄傲，真是非常抱歉。不过，像契诃夫给妻子的信上也写着‘请为我生小孩，生一个我们的小孩吧！’另外，好像是尼采吧，在他的小品文中也有这样的描写‘想让她帮我生个小孩的女人’吧！我很想要一个小孩，所谓的幸福对我来说，只要有了孩子，什么样的生活都无所谓！虽然我也很想要钱，可是只要有足够养小孩的钱，对我来说就已经很满足。”

大师阴阳怪气地笑说：

“你真是个难得的人，好像对任何人都可以畅所欲言。如果能和你这样的人在一起的话，或许会给我的工作带来崭新的灵感。”

他的话一点儿也不符合他的年龄、身份，简直让人作呕，如果说凭我个人的力量，真的能对这位伟大艺术家的工作有任何帮助，倒也是非常有意义的事。不过，无论如何很难想象我与大师做爱的样子。

“即使我没有一颗饱含爱恋的心，那也没关系吗？”我微笑着问道。

大师却很认真地回答道：

“女人这样比较好，女人最好迷糊一点儿，比较好。”

“可是，像我这样的女人，如果没有一颗饱含爱恋的心，是无法考虑结婚的。我已经是个大人，明年就三十岁了。”

这一刻突然感觉，我什么话都说不下去了。

三十岁。对女人来说，过了二十九岁，就不会再留下任何处女的气息，三十岁女人的身体已经没有一处还保有处女的气息了。我突然想起之前曾在法国小说中读到的词句：“一种无法言喻、无边无际的寂寞心情忽地涌现心头，望向窗外，沐浴在正午阳光中的海洋，好像玻璃的碎片般，发出灿烂夺目的五彩亮光。”想起当时，读到小说里这一句话时，对作者的见地那么轻易就认同与肯定。这时，我突然强烈怀念起那个青春年代，怀念听到“女人到了三十岁，青春的生命就告终结”这样的话会毫不在意就认同的年纪。随着手镯、项链、衣服与和服带子一件一件离开身边，我体内的处女气息也愈来愈淡薄了。贫穷的中年女人，啊，我不要！可是即使是中年女人的生活也还是有极为女性化的一面，最近我愈来愈有这层体悟，记得英国女老师回英国前，曾经对当时十九岁的我这么说：

“你不可以谈恋爱啊！你呀，一旦谈了恋爱，就会遭遇不幸。如果一定要谈恋爱，那就等大点儿再说吧，最好是三十岁以后再说。”

虽然老师这么说，可是当时的我还是很茫然，因为那时根本没办法想象三十岁以后的事。

“我听说你这栋别墅要卖了，是吗？”

大师带着不怀好意的表情，突然这么问道。

我笑了起来。

“对不起！我想到《樱桃园》[①]……不知道您想买吗？”

大师果然敏感地察觉了我话中的含意，好像有点生气，扁了扁嘴，沉默不语。

之前家里曾经讨论过，要以五十万新元[②]卖了这栋房子，卖给某一位大官作为居所，当时确有其事，不过现在已经取消了，没想到还是传到大师的耳里。不过他却令我联想起樱桃园里的罗巴宾，所以感觉很受不了，他的心情大受影响，后来只说了一些场面话，就落寞地告辞了。

现在向您恳求的并不是非分要求，所以我可以很明白地开口，因为

---

① 契诃夫于一九〇三年所作的剧作，描写新旧三世代为业经落没，并被拍卖的兰内福斯卡耶领地“樱桃园”而心情起伏的故事。

② 根据日本一九四六年二月的金融紧急措施令、日本银行钞券存入令等，过去的十元钞无法通用（之后为五元钞），之后日本银行发行的新钞即称为“新元”。

这要求只不过是：请您接受我这个中年女人吧！

第一次和您相遇，已远在六年前了。当时我对您这个人，可说是完全一无所知，只知道您是直治的师父，而且说起来，也算是有点儿坏风评的师父。然后我们俩还一起喝酒，后来，您有一点儿恶作剧吧，不过我是无所谓，只是心情上感觉有点儿不可思议地轻扬起来。

当时我对您既非喜欢，也并不讨厌，其实那时我只是为了讨弟弟的欢心，所以向弟弟借了您的著作来看，虽然不是很喜欢，也没有不感兴趣，比较像是一个不太热心的读者。可是这六年来，不知道从何时开始，您竟像雾一般渗透了我整个生命。那夜，在地下室的楼梯上，发生在我俩之间的事，也突然变得生动且鲜明起来，重新又回到我心里，不知道为什么，总觉得那是决定命运最大的关键。我是如此爱慕您，只要想到这或许并不算恋情，就非常孤独寂寞，忍不住啜泣起来。您和别的男人完全不一样，我可不像《海鸥》一书里的尼娜，只是爱上了作家，我是不会那么迷恋小说家的。如果你以为我只是所谓的“文学少女”之类的话，会叫我彷徨不知所措，因为，我好希望能够为你生个小孩。

假如在你还没结婚、单身一人，而我也还没嫁给山木时，两人就能认识、结婚的话，或许就不会像现在这么受苦了。我知道不可能与你结婚，已经彻底死心了，因为若要我做出打败你太太，并将她赶走这样下流无耻的事，是绝对不可能的。但就算要我做妾（虽然绝对、绝对不想用如此的字眼，可是所谓的爱人，不就是俗称的“妾”吗？所以让我明白地说出来吧！）也没有关系呀！可是，一般来说，做人家小老婆的

“不配！”

“我是如此任性，其实并不讨厌艺术家，更何况，他好像收入很不错的样子，如果能和他结婚，想一想好像也不错，可是，我就是没办法这么做。”

妈妈笑了起来。

“和子，你真是糟糕啊，既然这么勉强不来，上次又为什么和人家聊了那么久呢？好像还谈得很开心的模样，你的心情真让人搞不懂。”

“哎呀！因为真的谈得很好玩，我还想和他多聊一会儿呢，因为没有别的嗜好嘛！”

“才不是，是你很黏人，和子很黏人的。”

妈妈今天好像精神很好的样子，然后看着我昨天第一次挽起来的发髻说：

“你把头发给梳起来啦，这种发髻还是头发少一点儿的人梳起来好看。你的发髻太壮观了，感觉好像戴了一个小金冠一样，不怎么适合。”

“好失望啊，都是妈妈啦！不知道什么时候曾经说过我的脖颈很白皙漂亮，还叫我最好不要将脖颈遮起来呢！”

“你就光记得这种事。”

“就算再小的赞美，我也一辈子都不想忘记，还是要牢牢记住，这样想起来的时候，才会比较开心一点儿。”

“上次想必也被那位先生赞美了一番吧？”

“是呀，然后好缠人啊，还说什么和我在一起，灵感就会源源不绝而来，真是让人受不了。虽然我并不讨厌艺术家，可是像那样看起来很有风范，却又装腔作势的人，我是无论如何都无福消受的！”

“直治的老师又是个什么样子的人？”

我不禁打了个哆嗦。

“我也不太知道，不过直治的老师好像满恶名昭彰。”

“恶名昭彰？”

妈妈的眼神好像很感兴趣，喃喃说着：

“真好玩的用词，如果真的是恶名昭彰的话，反而既安全又好，不是吗？就好像脖子上戴着铃铛的小猫一样可爱，反而没有恶名昭彰的坏蛋才更可怕。”

“是这样的吗？”

好高兴！好高兴！身体好像化成一股烟雾，全被空气给吸走的感觉，你能了解吗？为什么我会这么高兴呢？如果你还是不知道的话，我会揍你喔！

真的来我家玩，好吗？因为若我要直治带你来家里玩，总觉得好像有点不太自然、很奇怪的样子，所以最好你能以心血来潮，突然来此一游的形式来我们家一趟。当然请直治带你来也可以，不过我倒希望你尽可能单独前来，并最好选择直治去东京不在家时。因为如果直治在家，你一定会被直治抢走，你们俩一定会相偕到阿作嫂的店里喝一杯，一定会这样，错不了的。我们家祖先世世代代都很喜欢艺术家，像名叫“光琳[①]”的画家从以前就永久寄宿在我们京都的家中，我们曾请他在屏风

① 光琳。尾形光琳，日本江户中期的画家、工艺家。

上画画。所以，妈妈对你的来访也一定会很高兴的。你大概会睡在我们家二楼的客房里吧，到时候请不要忘了先把灯给熄了，我会拿着小小的蜡烛，爬上楼梯……不行吗？对！这样的发展是有一点儿太快了。

我喜欢坏蛋，更喜欢恶名昭彰的坏蛋，然后自己也很想成为恶名昭彰的坏蛋，除了这么做之外，发现自己再也没别的生活目标了。你应该是日本最恶名昭彰的坏蛋吧！相信这一阵子一定有更多人觉得你很肮脏龌龊、无耻下流，并给你无情的打击。我向弟弟打探关于你的种种之后，更加喜欢你。可是，因为你是这样子的人，所以想必也一定有很多的红粉知己，不过我并不担心，因为我想你现在一定渐渐只爱我一个人了，不是吗？为什么呢？因为我就是一个会让人家深爱的女人，而如果你和我一起过日子，每天就会快乐地工作。从小时候开始，就经常听到别人说我"好像只要和你在一起，就会忘记所有的辛劳！"到目前为止，从来没有让别人讨厌的经验呢，大家都说我是个"好孩子"，所以，我想你也绝对应该不会讨厌我才对。

要是我们能见面就好了，现在这一刻，再也不需要任何答复了，请与我见面吧！虽然我也可以直接到你东京的府上拜访，一定很容易就能见到你，可是因为妈妈已经是半个病人了，而我兼任看护与佣人，所以绝对没办法弃母亲于不顾。拜托你，请你无论如何来这里一趟吧！我好想见你一面，而见面之后，自然会知道所有一切的一切。请看看我嘴角两侧长出来的淡淡的皱纹，看看这个世纪悲情的皱纹，比起想要你听我说话，还不如说，我更想让你看看我的脸，并了解我内心的想法。

在第一封写给你的信中，说我的胸口停驻有彩虹，可是这一道彩虹不像日光灯或星光那么美、那么优雅。因为如果是淡泊且悠远的怀想，我就不会那么受苦，甚至能渐渐将你遗忘了。而我心里的彩虹却是火焰之桥，是一种会灼烧胸口的相思。我想有毒瘾的人买不到毒品、渴望吸毒时的心情，也不像我此刻这么痛苦。虽然觉得自己一点儿也没有犯错，一点儿也不可恶，可是也会突然想到，自己是不是做了一件很笨很愚蠢的事？便会打起冷战，害怕得很。当然也曾经反省，自己是不是疯了？整个胸口满满都是这种心情。我也冷静计划过，真的！请无论如何来我们家一趟吧！随时都欢迎你，随时来都无所谓，因为我哪里也不去，随时都在这里等待着你，请相信我吧！

让我们再见一次面吧！再见面时，如果觉得不好，请你明白地告诉我。因为你已经点燃了我胸中的火焰，所以请你无论如何将它给灭了吧，因为单靠我一个人的力量，是无论如何无法灭了这把火的。总而言之，只有见面，只有见面我才能够得救。假若现在是《万叶集》[①]或《源氏物语》[②]的时代，我要求的事就根本不值一提，可是我希望能成为你的爱妾，成为你孩子的母亲。

如果有人敢嘲笑这封信，那个人就是嘲笑女人想要活下去的努力心情，就是嘲笑女人生命的人。我无法忍受港湾里凝滞得几乎快要窒息的空气，尽管港湾之外是狂风巨浪，我也想扬帆而去。休憩中的风帆毫无例外是卑鄙肮脏的，敢嘲笑我的人一定全都是休憩中的风帆，他们什么

---

① 《万叶集》日本现存最古老的和歌集。

② 《源氏物语》为日本平安时代的长篇故事，共有五十四卷，紫式部作，是以光源氏为主的王朝故事。

也做不了。

我真是一个让人头痛的女人。可是最受难题折磨的人却是我，关于这道难题，那些一点儿也没有关系、一点儿也不以为苦的旁观者，却只会让风帆垂头丧气地休息着，大肆批评这件事，他们真是一点儿品味也没有。我才不想让他们随随便便批判自己是什么、有什么思想呢！我是没有思想的人，从来不曾凭靠思想或哲学来行事，从来没有过。

我知道颇得社会好评并备受尊敬的人，全都是说谎的人，全都是伪君子！我实在不相信社会，只有恶名昭彰的坏蛋才是我的朋友。恶名昭彰的坏蛋！若能被钉死在十字架上，就算死了也没关系吧！就算被一万个人责备，我还是要不断反复这么说。因为你们这些坏蛋若不是恶名昭彰，就会变成更危险更可恶的坏蛋，不是吗？

不知道你了解我的意思吗？

恋爱是没理由的，我说了太多听起来好像没有一点道理的话，也发现自己不过是学着弟弟的口气，其实只是在等待你的到来，只希望能再见你一面，如此而已。

等待，等待，啊！人类的生活里有喜、怒、哀、乐、嗔、恨等各式各样的感情，可是这一切真的只占人们生活里极小的部分，大概只有百分之一的感情，而其他的百分之九十九都只是在等待中过日子，不是吗？我是如此渴望听到幸福的脚步声在廊下响起，“会不会就是现在？”“会不会就是这一刻？”内心如此沮丧地等待着，却总是一场空。啊！所谓“生活”怎么会是如此一个“惨”字了得呢？现实里，每个人都在想“要是我没出生就好了”！然后每天从早到晚很可怜地期待着某样东西。太惨了！真的太惨了！何不告诉自己：“活着真是太好了。”啊！请用快乐的眼光来看待生命，看待人，看待社会吧！

难道不能痛快地摆脱掉碍事的道德感吗？

M·C（这里并非My chekhov的缩写，我并没有爱上作家！My Child！）

5

今年夏天，我曾写了三封信给某位男子，却没有得到任何的回音。一想再想，还是觉得自己除此之外，再也没有其他的生活目标。为了忠实写出心里的话，这三封信是以“纵身从断崖上跳向怒涛汹涌的汪洋”的心情寄出，可是不管我如何等待，都没有任何回答。我假装若无其事地问直治有关那个人的事，发现那个人的生活好像一点儿也没改变，每天晚上还是照常饮酒作乐，写出更多不道德的作品，被社会人士唾弃、厌恶。那个人不断鼓励直治搞出版业或其他工作，直治很感兴趣并告诉我，除了那个人之外，他也做其他两三名小说家的顾问，并且有人为他出资等等。

听直治这么说，我感觉自己好像连一丝一毫都不曾介入心里深爱的那个人的生活里，好像一点儿也没在他生命里掀起丝毫的波澜。与其觉得丢脸，还不如说这个世界与我想象的世界好像完全不同，全世界只有我被单独遗弃了，即使大叫、狂呼，也好像被孤立在没有任何响应的秋天黄昏旷野里，我被从未曾体验过的凄怆感觉强烈袭击。难道这就是“失恋”吗？就像一直站在旷野中，天空全黑了，夜露微湿了，而我除了死之外，别无他法。欲哭无泪的怆恸徒然使得两肩和胸前如浪潮拍打般前后起伏振动，我觉得自己无法喘息，几乎快要窒息了一般。

想一想，就只有亲自前去东京，直接拜访上原先生一途了。我的风帆既已举起，也只好航出港湾，没道理一直驻足不动，非得航向想去的目的地不可。于是我心里暗暗下定决心去一趟东京，没想到妈妈的身体却更糟糕了。

她一整晚剧烈地咳嗽，一量体温，有三十九摄氏度。

“今天天气太冷了，明天就会好的。”

妈妈一边咳嗽，一边小声说着。而我却觉得妈妈的病情不单只是咳嗽罢了，我心里暗下决定，明天无论如何一定要请山下村里的医生来一趟。

第二天早上，她体温降到三十七摄氏度，也不太咳嗽了，可是即使如此，我还是来到医生家，将妈妈这阵子身体愈来愈差，从昨天晚上开始发烧、咳嗽也和一般感冒不太一样的情形，一五一十向医生报告，请他去看妈妈一趟。

医生说，等一下就会来家里看妈妈，不过，照我说的这种状况，听起来应该是风寒，他从客厅角落柜子上拿了三个水梨给我，说是人家送的。接着，中午过后，他在和服上套了一件夏季的薄外套就来到家里，一如以往，仔细地询问病况、听诊、把脉一番后，就面向我说：

“你不必担心，只要吃药就会好了。”

我觉得很好笑，忍不住笑道：

“那要不要打针呢？”

听我一问，医生很认真地回答：

“没这个必要，不过是感冒、受了风寒，只要静养休息几天，很快就会好的！”

可是妈妈发烧却历经一周还不退，虽然咳嗽是止住了，可是每天早上体温大约是三十七点七度，到了傍晚就变成三十九度。而医生自从出诊过后的第二天就开始闹肚子痛，在家休息，所以我只好自己去医生家拿药，将妈妈的状况告诉护士小姐，请她转告医生。即使如此，医生还是坚持：“只是普通感冒，不必担心！”然后直接开了药粉及药水。

直治照样去东京出差，已经十多天了还没回来，我一个人因为太担心了，所以只好写明信片告诉舅舅，妈妈身体很糟糕。

大约发烧到第十天，村里医生的肚子终于好了，于是前来看诊。

医生的表情看起来极为专注，仔细听着妈妈的胸音，一面喊着：

“知道了，知道了。”

然后再次面向我说：

“发烧的原因，我已经知道了。是因为左肺有肺痨的关系，不过还是没必要太担心，还会连续烧上好几天吧！让她静养就会好的，你不必太担心。”

“是这样吗？”虽然心里还是怀疑，可是好像溺水的人抓到麦秆般，既然村里的医生如此诊断，我也稍微喘了一口气，放下心来。

医生回去后，我告诉妈妈：

“太好了，妈妈，只有一点儿感染，其实大部分的人也是这样，所以只要精神好的话，病自然而然很快就会好起来的。今年夏天天气阴晴不定，真的很讨厌，我最不喜欢夏天了，好讨厌夏天的花。”

妈妈微闭着眼睛，笑着说：

“听说喜欢夏天开的花的人会在夏天死，所以我以为自己今年夏天应该就会死了，结果没想到直治却回来了，所以才多活到了秋天。”

一想到像直治那样的人，也是母亲生命的支柱，我心里就难过不已。

“那么，现在已经过了夏天，所以妈妈也算跨过危险期了。妈妈，院子里的芦苇花都开了喔，然后紧接着是女郎花、桔梗、芒草等等，院子里已经满是秋意，等到十月，你的烧也一定会退的。”

我心里默默祷告着，九月闷热的天气，也就是所谓“残暑”季节快点儿过去吧！然后菊花也开了，若每天都是秋高气爽的舒适天气，妈妈的烧一定会退的，身体也会变好，我就能和“他”重逢，或许我的计划也会像大朵菊花般盛开。啊！十月最好快点儿到来，妈妈的烧快点儿退吧！

寄了明信片给和田舅舅后，才过了一个礼拜，一向很照顾和田舅舅的三宅老医生，听说以前是御医，带着护士，远从东京来出诊。

老医生因为和我死去的父亲过去也有往来，所以妈妈见到老医生好像很高兴的模样。而且，老医生从以前就不太讲求礼仪，讲话大而化之，所以颇得妈妈的缘，当天的出诊，其实也是他们两人话家常的机会。当我在厨房里弄好布丁，端到客厅时，好像诊察已经结束，老先生不修边幅地将听诊器像项链般挂在胸前，往客厅走廊的藤椅一坐便说：

“像我这样的人，最喜欢去小吃摊站着吃了，才不管它东西好吃还是不好吃呢！”

两人继续悠闲地闲聊着，妈妈面无表情端详着天花板，一边听老先生说话。“啊！幸好没什么事。”我松了一口气。

“妈妈到底怎么了呢？听村里的医生说，她胸部左边有一点感染，您看呢？”

不知怎的，自己突然精神百倍起来，话一说完，老医师也若无其事地轻声回答：

“没什么，没事啦！”

“啊！太好了，妈妈！”

我打从心里笑了出来，并告诉妈妈：

“医生说没事了！”

这时，三宅先生从藤椅上站了起来，并往书房方向走去，好像找我有什么事的模样，所以我也跟着走了出去。

老医生站在书房里壁画映照下来的阴影处，告诉我：

“刚刚听到有杂音啊！”

“不是感染吗？”

“不是！”

“是不是支气管发炎？”

虽然这时候，我已经泪水盈眶了，但还是继续追问着。

“不是！”

肺结核！我可不愿意这么想，因为如果是肺炎、感染或支气管发炎的话，我一定会尽力医好母亲，可是如果犯的是肺结核的话，妈妈或许已经没救了。想到这里，真觉得我就快站不住了。

“声音听起来很不好吗？您说的杂音是指……”

自己因为担心，不由啜泣起来。

“右边也有，左边也有，全部都有。”

“可是妈妈还这么健康，吃饭时也都一直说‘好吃！’‘好吃！’的。”

“没办法！”

“这不是真的，对不对？不会有这种事，对不对？只要给她吃蛋、奶油，喝很多牛奶，她就会好起来，是吧？只要妈妈身体有抵抗力了，烧一定会退的。”

“嗯，什么东西都让她多吃一点吧！”

“对不对？就是这样，对不对？像西红柿，她现在一天吃五个呢！”

“嗯，西红柿不错。”

“那么，病应该没关系吧，一定会好的，对不对？”

“这次的病或许会要了她的命，你最好要有心理准备。”

我发现这世界上存在着很多人力无法回天之事，像眼前这种绝望，是我打从出生以来，第一次感受到的深刻无力感。

“两年？还是三年？”

我颤抖着，小声问道。

“不知道。总而言之，已经没什么好办法了。”

三宅医生说，当天已经预约了伊豆的长冈温泉旅馆，所以和护士先回去了。我将他们送到门外，然后失神地走回来，坐在妈妈床边，佯装无事地笑了起来，妈妈于是问道：

“是不是医生说了什么？”

“医生说，只要烧退了就会好的。”

“胸部呢？”

“好像没什么大碍。哎呀，还不是和之前差不多，不就是老样子，等到烧退了，病也会慢慢好起来的。”

说完，我也像相信了自己的谎言，忘记医生那番要人命的说法了。对我来说，如果妈妈死了，恐怕自己的躯体也会随之消失，这是现在的我完全无法想象的事，所以还不如忘掉一切，只要专心一意让妈妈多吃一些有营养又好吃的东西。对了！鱼、汤、罐头、肝脏、肉汤、西红柿、牛奶、清汤，如果有豆腐的话，那就更好了。豆腐味噌汤、白饭、红豆饼，不管任何好吃的东西都要买给妈妈吃，卖掉身边所有东西，也一定要给妈妈吃好吃的东西。

我站了起来，走到客厅里，将客厅里的躺椅挪了一下位置，以便坐下来时，可以看见妈妈。正在休息的妈妈，脸上看起来没有一丝病容，美丽的眼睛闪闪发光，脸上明艳动人。每天早上妈妈总在固定的时间起床梳洗，然后在三叠大的浴室里将头发编好，打理好服装仪容后，回到房里，坐在床边，用完早餐，然后就不断坐坐躺躺的。中午以前都一直在看报或读书，一般都是下午才开始发烧的。

“妈妈精神很好，一定没问题了。”我心里强烈不愿承认三宅医生的诊断。

十月了，我心里正想着菊花快要开了，却迷迷糊糊打起盹来，经常梦到现实生活里从没见过的场景。“啊，又来这里了。”梦见自己来到沉静森林里的清澈湖边，和一个穿着和服的男子一起悄然无声地走着，感觉所有的风景全都蒙上一层淡绿色的雾气，而湖底静躺着一座白色小桥。

“桥沉入湖底了，今天哪里也去不了，只好在这里的旅馆住一晚，应该还有空房才对。”

湖边有一间石砌的旅馆，旅馆的石墙也被绿色雾气濡湿了。石门上刻着金色、细致的字体“HOTEL SWITZERLAND”，当我读到“SWI”时，不觉想起妈妈来，妈妈现在怎么了？会不会也来到这间旅馆呢？然后我便与年轻人一起钻入石门里，走到前院。雾气氤氲的院子里，八仙花盛开着大朵火红的花。孩提时，每次看到棉被上绣着火红的八仙花花样，我总会没来由地难过起来。果真有火红的八仙花呀！

“冷不冷？”

“嗯，有一点儿。雾气弄湿了耳朵，觉得耳朵好冰啊！”

我一边笑，一边问：

“妈妈不知道怎么了？”

于是，年轻人用非常凄楚而慈爱的笑容回答我：

“躺在墓里呢！”

“啊？”

我小声低叫了一声，原来如此。原来妈妈已经不在了，她甚至已经埋葬好了，是吗？一旦意识到妈妈已去世的事实，一股无法言喻的哀伤笼罩全身，我不禁一阵哆嗦，泪眼婆娑起来。

阳台之外已是一片黄昏景致，方才下了一场雨，绿蒙蒙的寂寥感像梦一般迅速地袭来。

“妈妈！”我小声叫道。

“什么事？”妈妈回答。

我高兴地跳了起来，快步走向床边。

“我刚刚睡着了！”

“喔？是吗？还以为你在做什么呢。这个午觉睡得好久啊！”

妈妈好像很开心地笑了起来。

母亲如此优雅的生命态度，让我不禁喜极而泣，深深感动不已。

“晚饭想吃什么菜？我做给妈妈吃。”

我用略急的口吻问道。

“不用了，什么都不想吃。今天是不是又烧到三十九点五度呀？”

我突然哑口无言，环看这昏暗的屋里，好想一死了之。

“怎么？妈妈怎么会说是三十九点五度？”

“没什么，只是每次发烧以前，人都会感觉很不舒服，头有点儿痛，有点儿畏寒，然后就会开始烧起来了。”

屋外天色已暗，雨也好像停了，只有风一阵阵吹着，我点了灯，向餐厅走去，妈妈叫住我。

“太刺眼了，不要开灯。”

“你不是不喜欢一直睡在暗的地方吗？”

我站着问道。

“因为眼睛是闭起来睡的，所以有没有点灯，其实都一样。没有点灯反而感觉不那么寂寞，我现在反而不喜欢太亮、太刺眼的感觉，所以以后那盏灯就别点了。”

妈妈如此回答。

突然有一种不祥的预感，我默默把灯给关了，走到隔壁房间里，打开房里的立灯，突然涌现出无比凄凉的感觉。很快，我来到餐厅里，把鲑鱼罐头倒在冷饭上，吃了起来，眼泪不禁滂沱如雨下。

到了夜晚，风更大了，九点钟左右，雨开始下了起来，真的是风狂雨骤。两三天前才卷起来的走廊竹帘，被风吹得发出“啪、啪”的响声，我在隔壁房里怀着一种莫名兴奋的心情读着卢森堡所写的《经济学入门》一书，这也是前几天刚从二楼直治房里找出来的书。当时连同这本，我还拿了《列宁诗选》、考茨基（德国的社会主义者、经济学者）所著的《社会革命》等，全都借了来，摊在隔壁房里的桌上。妈妈早上洗完脸经过我的桌边，看到这三本书时，还逐一拿起来翻了翻，然后小声叹了一口气，把书轻轻放回桌上，用无比寂寥的表情望着我。那眼神里漾满无限的悲哀，却绝对不是抗拒或嫌恶的表情。

妈妈读的书都是雨果、大仲马、小仲马、缪塞、都德等等，我知道像这样美丽的故事书中，更有革命的气息。像妈妈这样的人，或许用“天生教养”的形容词有点儿奇怪，不过总是带着一股特别气息的她，或许更能丝毫不以为怪、理所当然地接纳革命呢！而像我现在如此读着卢森堡的书，虽也不尽然没有一点矫揉造作感，可是我却也发现自己有着外人难懂的特别兴趣，虽然这本书写的是经济学，若当真从经济学角度来读的话，确实很无聊，事实上书中所说尽是很单纯、易懂的内容。不，或者是因为自己根本完全无法了解“经济学”究竟是怎么回事之故。

总而言之，经济学对我来说，确实索然无味。因为人类是很吝啬的动物，而这一门学问如果不是设定在“人类永远都很吝啬”的前提下，根本无法成立，因为对不吝啬的人来说，对所谓“财产分配问题”等玩意儿，根本不感兴趣。尽管如此，我却从中领略到一种莫名其妙的兴奋感，那就是本书作者毫不犹豫彻底颠覆旧思想的勇气，让人甚至联想起不管如何的“反道德”，也要快步奔向爱人身边那有夫之妇的神态，那是种破坏思想，破坏固然很哀伤且悲痛，然而却也无限美好。破坏，重建，再完成的梦想，然而一旦破坏了，或许永远都不可能再完成。可是因为恋恋情深，所以非破坏不可，非革命不可，卢森堡在马克思主义中，一头栽入凄美的爱恋里。

那是十二年前的冬天。

“你简直就是《更级日记》[①]里的少女，说什么都没用了！”

朋友话一说完，就离开了我，那时我正好将列宁的书原封不动地还给她。

“读了没？”

---

① 《更级日记》。菅原孝标的女儿所写，自她十三岁时，随其父亲离开上总国（千叶县）回到东京路上开始回忆起，及至与丈夫橘俊通死别后的第二年，亦即五十二岁止的回忆录。内容多为对故事的憧憬与梦境的记述。

“对不起，没有。”

此时我们正站在可以看见俄皇尼古拉教堂的桥上。

“为什么呢？为什么你没看呢？”

朋友比我高约一寸左右，对语言学特别拿手，戴了一顶红色的平底无边帽，十分适合她，脸蛋很漂亮，是大家公认的美人胚子。

“因为不喜欢它封面的颜色。”

“好奇怪的人啊，你才不是因为如此才没读的，对不对？其实是因为怕我吧？”

“才不是呢！是因为我受不了封面的颜色。”

“是吗？”

她好像很寂寞的样子，然后把我比为《更级日记》，又说：“说什么都没用！”

我们两人一言不发，默默地俯看冬天的小河。

“祝你平安，假如就此永别的话，祝你永远平安！拜伦说的。”

说完，她用原文背诵着拜伦的诗句，并轻轻抱着我。

我很不好意思，小声地抱歉说：

“对不起啊！”

我向着“茶之水车站”走去，回头一看，这位朋友还站在桥上，一动也不动地看着我。

从此以后，我再也没有见过这位朋友了，虽然我们都去同一位外国老师家补习，两人却读不同的学校。

距今虽然已经十二个年头，这期间我还是没有一丝一毫的进步，到底这十二年来究竟做了什么？我既没有憧憬革命，也不懂恋爱，过去社会上的大人们都教我们，革命与恋爱是人间最愚蠢、最可恶的两件事。第二次世界大战之前和战争时，我们都对这一句话深信不疑，然而战败之后，我们却变得不再相信社会上的大人们了，因为发现真正的生存之道恰好与这些人所说的道理相反，革命与恋爱都是人世间最最美好的事物。所以，我想一定是大人们因为“吃不到葡萄说葡萄酸”，故意坏心眼教我们错误的东西，而我却宁愿相信，人是因为恋爱与革命所以才诞生、才活着的。

纸门静静地被拉开，露出妈妈的笑脸来。

“还没睡呀？怎么还不睡呢？”

看看桌上的时钟，发现已经十二点了。

“嗯！一点儿也不想睡，读了社会主义的书，就变得很兴奋。”

“是吗？没有酒吗？这时候喝点儿酒再睡，会睡得很好喔！”

妈妈用略带嘲弄的语气笑着说，态度里充满着妖娆的颓废气息。

十月终于来了，一点儿也不像“秋高气爽”的天气，倒像是梅雨季节，继续每天湿答答、黏腻腻的闷热，而妈妈仍然每到傍晚就开始发烧，体温总在三十八九度间上上下下。

某天早上我看到一件很可怕的事——妈妈的手肿起来了！曾经说过“早餐最好吃”的妈妈坐在床上，只喝了一小碗稀饭，因为之前妈妈说过“不想吃太呛鼻的菜 ”，所以这一天准备的是松茸清汤，可是她好像连松茸的香味都无法忍受，只是把碗放到嘴边，马上又无力地放下，就在这时，我看到了妈妈的手，吓了一跳：她的右手肿起来了，肿得圆滚滚的。

“妈，你的手，没怎么样吗？”

妈妈看起来脸色有点儿苍白，略微浮肿的模样。

“没有呀！没事的！”

“什么时候肿起来的？”

妈妈还在假装若无其事，接着就默不作声了。我忍不住哭出声来，这样的手不是妈妈的手呀，是别的老女人的手呀！妈妈的手一直都是小巧而细致的，是自己熟悉的手呀！那温柔、可爱的手就这样永远消失不见吗？虽然左手还没肿起来，可是也望之令人鼻酸、不敢正视，我别开眼睛，看着地板的花瓶。

眼泪好像忍不住快掉下来，我只好忽地站起身来，走向餐厅。直治一个人在吃半熟的煮蛋，他偶尔会回伊豆，晚上一定到阿作嫂的店里喝酒，早上起来都是臭着一张脸，也不吃早饭，就只吃四五颗半熟的煮蛋，然后就上二楼，整天躺在床上忽睡忽醒的。

“妈妈的手肿起来了！”

和直治说完，我就垂下头，再也说不出话来，接着垂着头，忍不住哭了起来。

直治仍然沉默不语。

我抬起头，手抓着桌子边缘说：

“看来，已经不行了，你有没有注意到？手那么肿，已经不行了！”

直治脸色一暗便说：

“就最近了吧？没错，哼！快要面临那种无聊事了。”

“我好希望妈妈再一次好起来，有没有什么办法，让妈妈好起来……”

我的右手一边不住扭着左手，一边说道。突然直治也啜泣起来。

“就没什么好事吗？难道我们一家就一直没什么好事吗？”

他一边说着，一边用拳头胡乱揉着眼睛。

这一天，直治去东京向和田舅舅报告妈妈的状况，并请示将来要料理的事。我不在妈妈身边时，几乎从早到晚都在哭泣。朝雾弥漫的清晨，我去取牛奶时，对着镜子，整理头发，涂上口红，也一直不断地哭泣。与母亲相处的点点滴滴，一幕幕浮现眼前，眼泪止不住地滑落。傍晚，天色暗了，我走到客厅的阳台外，不断啜泣、久久不止，秋天的星空灿烂，邻家的猫蹲坐在我的脚边，一动也不动。

第二天妈妈手肿得比昨天更厉害，也吃不下任何东西，连喝橘子汁时她也说嘴巴破了、很痛、喝不下。

“妈妈，要不要再戴上次直治说的那一种口罩？”

我本来打算笑着说的，一开口，心里便无限辛酸，不觉“哇”地一声又哭了起来。

“每天都这么忙，一定很累吧？还是请一位看护来吧！”

妈妈平静地说道。我心里很清楚明白，妈妈一定是担心我的身体，更甚于担心自己的健康，所以我心里更加悲伤，站起身来快步跑到浴室里，放声哭了起来。

中午过后，直治和三宅老医生以及两个护士一起回来。

连平时总是笑语不断的老先生，这时也好像生闷气般，很快进入房里，马上诊察起来，然后好像自言自语，低声说道：

“愈来愈虚弱了！”说完给妈妈打了一针强心剂。

“医生今天晚上住哪里？”妈妈突然问道。

“还是长冈呀！因为我已经订好房间，所以你不必操心，你这个病人呀！不必担心别人，只管自私一点，想吃的东西就吃，你一定要多吃一点才行，只要营养足够，病就会好的。我明天会再过来，待会儿留一位护士在这里，你尽管用呀！”

老医生大声对病床上的母亲说着，然后向直治递了个眼色，就站起身来。

直治独自送走医生和伴随的护士，不久后回来，直治看起来也是一脸想哭的模样。

我们静静离开房间，来到餐厅。

“怎么样？不行了吗？是不是这样？”

“好无聊啊！”

直治歪着嘴，苦笑道。

“医生说，妈妈的身体突然变得很虚弱，还说不知道是今天，还是明天……”

说着，直治的眼睛里涌出泪水。

“不需要打电报给亲戚朋友吗？”这时候，我反而镇定了。

“这件事和舅舅商量过了。舅舅说，现在已不是找一堆人来守灵的时代，即使来了，这么狭窄的家里，反而对亲戚失礼，而且这附近也没什么像样的可以住的地方，连长冈的温泉也只能订到两三间房间。意思就是说，我们现在已经变得很穷了，根本没有叫那些大人物来的道理。等一下舅舅应该会马上赶来，不过这个家伙以前就很小气，拜托他也没用，连昨天晚上也将妈妈的病丢一边，只顾对我说教。被这种小气的人教训，真是前所未有的倒霉！虽然是姐姐和弟弟，可是妈妈的气质和那个家伙简直是天壤之别，真是受不了！”

“我是没什么关系，不过，以后有些地方你还是得靠舅舅。”

“恕难从命。我还不如去当乞丐，说来说去还是姐姐你，将来也许可能拜托舅舅……”

“我嘛……”眼泪夺眶而出，“我自己有地方可以去。”

“有亲事吗？已经决定了呀？”

“不是！”

“要自己一个人活？当职业妇女吗？也好。”

“也不是自己一个人，我要当革命家。”

“什么？”

直治用很奇怪的表情看着我。

这时候，三宅医生带来的护士来唤我。

“太太好像有什么事的样子。”

我很快来到房里，坐在妈妈床边。

“什么事？”我将脸靠近妈妈问道。

可是妈妈好像欲言又止的样子。

“是不是要喝水？”我又问。

她缓缓地摇了摇头，好像连水都不想喝的样子。一会儿又小声地说：

“我做了个梦。”

“是吗？梦见什么？”

“梦见蛇！”

我吓了一跳。

“走廊的踏脚石上有一条红色条纹的母蛇！有吧？你去看一看。”

我浑身哆嗦着站了起来，走到廊下，透过玻璃窗往外一看，果然踏脚石上有条蛇正沐浴在秋天的阳光里，身子拖得长长的，盯着我看。

喔！之前我就认识你了，你比那时候长得更大、更老了一些，你就是被我把蛇蛋给烧了的母蛇吧！你想要报仇这件事，我很清楚了，到旁边去吧，快点儿走开！

我心中默念着，眼睛直直地盯视着蛇，没想到这条蛇一动也不动，不知道为什么，我很怕让护士也看到，于是故意用力跺着脚，很大声地喊着：

“没有呀，妈妈，你的梦不准啊！”

我很快地看一眼踏脚石，蛇终于心不甘情不愿地动了动身子，磨磨蹭蹭地从石阶上垂挂着滑开。

没办法了，真的不行了！看到这条蛇以后，我心里开始涌现出“死心了”的念头，爸爸去世的时候，枕头边也有一条黑色小蛇，而且那时我也亲眼看见院里树上盘绕着的蛇。

妈妈好像连从床上坐起来的力气都已没了，她总是迷迷糊糊、似睡似醒的样子，整个身子都靠在护士身上，而且什么东西都吃不下去。看到蛇之后，我好像从最深沉的痛苦深渊中翻腾出来，反而有一种心安的感觉，不知该怎么形容才好，那像是一种神似幸福感的安逸与从容，我只想尽可能守在妈妈身边。

第二天开始，我总是坐在妈妈的枕边编织着。我编织的动作一向比旁人快了许多，可是却很拙劣，妈妈总是将我编得不好的地方挑出来，一一教我。这一天虽然并不特别想编织，可是为了想陪在妈妈身边时，不会显得那么不自然，只好拿来装模作样一番，于是我从毛线箱中抽出毛线开始专心地编织起来。

妈妈一直看着我的手，然后说：

“你是想打袜子吧？如果要打袜子的话，这地方不多个八针，穿的时候恐怕就会很紧啊！”

从小时候开始，妈妈就教我编织，可是我一直都打不好，此刻正像平常妈妈不时指点我的样子，突然彷徨不知所措，很不好意思，也很怀念。一想到这或许是妈妈最后一次教我打毛线，不觉眼泪扑簌簌流下来，眼前一片模糊，再也看不清楚手上的毛线针眼。

妈妈一直这样躺着时，看起来好像毫不痛苦。从早饭开始，她什么东西也没吃，只用纱布沾点儿茶水抹嘴唇罢了，可是她意识十分清楚，不时温柔地和我说话。

“报纸上不是有天皇的照片吗？拿给我看！”

我把报纸上天皇的照片摊在妈妈的脸的上方。

“变老了啊！”

“不是的，是照片照得不好。上次的照片看起来好年轻，好看得很。反而这个时代，天皇应该比较高兴吧！”

“为什么？”

“因为，天皇陛下也得到解脱了！”

妈妈很凄楚地笑了起来，过一会儿后，轻声说：

“现在连想哭，都流不出眼泪来。”

我突然想到，此刻的妈妈应该是幸福的，不是吗？所谓的幸福感，是否像是原本坠落到痛苦的深渊，却突然发现如砂金般闪着微弱亮光的光源呢？如果最深刻的悲哀之后，突然涌现的奇妙微光，就是所谓的“幸福”的话，那么天皇陛下、妈妈，还有我，这一刻确实都是幸福的！静静的秋日午后，柔和的阳光洒遍秋天的庭院，我停下手上的编织，眼睛望向与胸线等高的闪闪发亮的大海说：

“妈妈，我以前一直都很不解世事呢！”

虽然心里有很多想说的话，却因为害怕让坐在一旁为妈妈静脉注射的护士听到，会很不好意思，所以欲言又止。

“你说的‘以前’是指……”

妈妈微笑着继续问道。

“那么，你的意思是说，现在已经知道社会是怎么一回事了？”

我不知道为什么红了脸，表示：

“还是不知道是怎么一回事呀！”

我转向妈妈，自言自语般小声说道：

“我也不知道呀！没有一个人知道，不是吗？不管年纪多大，大家都还是小孩子呀！什么都不懂，都不知道。”

可是，什么都不知道的我却不得不一个人活下去，或许自己还只是个孩子，却再也不能撒娇了，此后，非得正面和这社会战斗不可。能够像妈妈一样，终生不与人争，没有怨憎，凄美结束一生的人，看来再也没有了，妈妈想必是最后一位，这世间再也没有像妈妈这样子的人了，连死都死得那么美。“苟活”是一件多么丑陋且散发着血腥味的事，卑鄙无耻、令人作呕！我在榻榻米上勾画着挖洞的蛇的身影，心里却有一件无法彻底死心的事，即使世人说自己“卑鄙下流”也没有关系，我还是要苟活下去，为了完成心愿与社会抗争。当妈妈渐渐走上死亡之路的现在，我的浪漫与感伤却渐渐消失不见，取而代之的是，觉得日后的自己也可以变成一个小心谨慎、步步为营、足智多谋的人了。

当天午后，我在一旁帮妈妈润湿嘴唇时，一部车子突然停在门口。和田舅舅与舅妈一起从东京坐车来，舅舅一进房里，就默默无言坐在妈妈床边，妈妈用手帕盖住脸的下半边，直直盯着舅舅看，然后哭了起来，可是只有哭容，却没有眼泪，直叫人觉得她像一个娃娃一般。

“直治人呢？”

过一会儿后，妈妈问我。

我来到二楼。告诉躺在沙发上、正在看刚出刊的杂志的直治：

“妈妈在叫你！”

“悲剧又要上演了，你还真能忍耐，一直陪在旁边。其实像我们这么痛苦，心情一激动身体就受不了，根本没力气待在妈妈身边。”

他一边念叨着，一边穿上上衣，和我一起下了楼。

我们两人并排坐在妈妈的枕边，妈妈急着从棉被下方伸出手来，然后静静地指指直治，再指指我，向着和田舅舅，双手合十。

舅舅用力地点一点头说：

“我知道，我知道了！”

妈妈好像很安心般地轻轻合上双眼，并将手缩回棉被里。

我早已忍不住哭了起来，直治也呜咽不止。

三宅老医生这时也从长冈赶来，先替妈妈打了一针，也不知道妈妈是不是因为见到了舅舅，心中已经了无遗憾，于是说：

“医生，快让我舒服一点儿吧！”

老医生与舅舅面面相觑，默不作声，两人的眼中也都泛起泪光。

我站起身来，走到餐厅，准备煮舅舅最喜欢吃的豆腐皮乌冬面。我一共准备了医生、直治、舅妈、舅舅四人的份，端到客厅里，然后将舅舅带来的礼物——丸之内饭店的三明治拿给妈妈看，放在妈妈的枕边。妈妈小声说：

“你很忙呀！”

客厅里，大家散坐着闲聊，舅舅和舅妈说，今天晚上无论如何得回东京一趟。而三宅医生将探病的红包交给我后，也与护士一起先回去了，行前交代留下来的护士各式各样的处理方法，并说反正妈妈意识还很清楚，心脏也没有问题，光靠打针，四五天应该熬得过去，今天暂且先送大家回东京。

送走大家后，回到母亲床边，妈妈独独对我一人很亲切地笑着，小声说：

“你好忙呀！”

妈妈的脸十分生动，甚至可以说“闪闪动人”。我想她应该是见到了舅舅，很开心吧！

“不会呀！”

我有点儿放下心来，不觉笑了起来。

没想到，这竟然是妈妈的最后一句话。

之后，才不过短短三个小时，妈妈就去世了。在秋日静默的黄昏里，护士量着脉搏，只有直治和我两个近亲的守护，日本最后的贵妇人——我美丽的母亲——去世了。

母亲死去的容颜几乎一点没变。爸爸去世时，脸已经变了，可是妈妈的脸色却一点儿也没变，只是呼吸停止了。而停止呼吸这件事，也一点儿都看不出来，甚至她脸上的浮肿几天前也消了，脸颊像蜡一般光滑，薄薄的嘴唇略有点儿歪，看起来就像含笑的模样，比活着时的母亲更娇艳动人，我觉得她真的很像圣母画像里的玛利亚。

6

战斗开始了。

不能永远陷溺在沉痛的悲哀里，我非得奋勇作战不可。这是新的伦理。这么说，也许很伪善，但爱情就是这样。就好像卢森堡不依靠新经济学就没办法活下去，我现在除了依靠“爱情”，否则就无法活下去。耶稣挖掘出这世上的宗教家、道德家、学者、权威者的伪善，为了能毫不犹豫将神的真爱告诉世人们，在派遣十二个弟子到各地之前，耶稣对弟子们的训示，感觉好像与我的情形并非无关：

腰袋里不要放金、银、铜钱，行路不要带口袋。不要带两件褂子，也不要带鞋子和拐杖，因为工人的饮食是应当的。我差你们去，如同羊进入狼群里，所以你们要灵巧像蛇，驯良像鸽子。你们要防备人，因为他们要将你们交给公会，也要在会堂里鞭打你们。并且你们要因为我的缘故被送到诸侯君王面前，对他们和外邦人作见证。你们被上交之时，不要思虑怎样说话，或说什么话，到那时候，必赐给你们当说的话，因为不是你们自己说的，乃是你们父的灵在你们里头说的。并且你们要为我的名被众人恨恶，唯有忍耐到底的必然得救。有人在这城里逼迫你们，就逃到那城里去，我实在告诉你们，以色列的城邑，你们还没有走遍，人子就到了。

那杀身体、不能杀灵魂的，不要怕他们，唯有能把身体和灵魂都灭在地狱里的，正要怕他。你们不要想来是叫天上太平，我来并不是叫天上太平，乃是叫地上动刀兵。因为我来是叫人与父亲生疏，女儿与母亲生疏，媳妇与婆婆生疏的。人的仇敌就是自己家里的人。爱父母过于爱我的，不配做我的门徒，爱儿女过于爱我的，不配做我的门徒，不背着他的十字架跟从我的，也不配做我的门徒。得着生命的将要失丧生命，为我失丧生命的，将要得着生命。

战斗，开始了！

假如，我因为爱情而发誓必然遵守耶稣这个教义，或许会被耶稣斥骂吧！为什么“恋情”不行，“爱”就可以呢？我真的不懂。为什么不能将二者视为一样的东西？为什么为了爱、为了情、为了如此深沉的悲伤，身体与灵魂都得被毁灭，啊！我硬要坚持自己如此！

承蒙舅舅等人的帮忙，不是在伊豆举行家祭，而在东京举行正式的公祭。接着，我与直治就住在伊豆山庄里，过着即使面对面也不开口，莫名艰辛的生活。直治假称经营出版业需要资金，将妈妈所有的珠宝都变卖一空，他在东京喝酒喝累了，就带着一张重病人般苍白的脸，摇摇晃晃回来伊豆山庄睡觉。有时，也会带一些年轻像舞女的人回家来，因为我与直治之间开始有些不睦，所以这一天我就告诉直治：

“今天我要去一下东京，可以吗？去找朋友，好久没去拜访她们了，可能会住个两三天才会回来，所以你留下来看家，至于三餐，就拜托那个女的好了。”

乘机抓住直治的弱点，也就是“灵巧像蛇，驯良像鸽子”后，我在皮包里放了化妆品和面包，就很自然地到东京去见那个人了。

听说他住在东京郊外，只要在省线荻洼车站的北站下了车，走个二十分钟左右，就会到达那个人大战以后的新住所。因为之前我已经不着痕迹地向直治打听过了。

寒风刺骨的天气里，我到达荻洼车站以后，天色已暗。我抓住一个路人，向他说了地址后，他指给我一个方向，我就孤独一个人走在漆黑的郊区将近一个小时左右，不觉悲从中来，眼泪夺眶而出。这时我不小心被砂石路上的石头给绊倒了，鞋带断了，正不知道该如何是好时，突然发现右手边两幢房子其中一间大门的门牌，虽然晚上视线不明，可是却灵光一现，直觉上面就是写着“上原”。我就这样一只脚踩着白袜子，走向这屋子的玄关，仔细看清门牌，上面果然写着“上原二郎”，而且屋里很暗。

到底如何是好？一时站定后，我感觉好像快要昏倒般，将身体靠在玄关的格子纸门上，气若游丝地喊着：

"有人在吗？"一面两只手的指尖轻抚着格子窗，一面小声喃喃自语，"上原先生！"

果然传来回应，却是女人的声音。

从里头拉开玄关门，一位极为细致，颇有古典味道，比我大约三四岁的女人站在玄关的阴暗处，笑问道：

"请问哪一位？"

声音里没有一点儿恶意，没有一丝警戒心。

"喔！是……嗯……"

我没有报上自己的名字，唯独面对眼前这人时，感觉对我的恋情有一股奇妙的内疚感。我提心吊胆、小心翼翼、几乎卑屈地问道：

"请问老师在家吗？"

"啊？不在……"然后好像很同情地望着我，回答说，"不过，我大概知道他人在哪儿……"

"会很远吗？"

"不会。"她很好笑地将一只手压住嘴巴回答。

"在荻洼，车站前有一家挂着'白石'招牌的店家，我想你去问问他们，就会知道他人在哪里了！"

我很高兴地说："喔！是吗？"

"啊！你的鞋子？"

在她一再的强拉之下，我只好进入屋内的玄关，在矮台上坐了下来。太太给我一条好像称为"轻便鞋带"——万一鞋带断时，可以简单修好的皮带子。在修鞋子时，太太把蜡烛拿到玄关来，说道：

“很不巧，两个灯泡都坏了，最近灯泡贵得离谱，却又很容易坏呢！先生如果在家，我会请他帮我买来换，不过他昨天晚上还有前天晚上都回来得很晚，所以，我们这三天晚上只好很早就睡了。”

太太露出发自内心的很纯真的笑说道，而她身后站着一位年约十二三岁，眼睛很大，感觉很少与人亲近的瘦削女孩。

敌人！虽然此刻我并没有这么想，可是，这位太太和小女孩有天一定会将我视为敌人，一起联手来憎恨我吧！一想到此，我的恋情一时之间好像也冷却了般。换好鞋带，我站起身来，两手拍了拍，拂去手上的尘土，一时间百感交集，忍不住心中的凄楚，很想飞奔入内，在黑暗中抓住太太的手，哭泣一番。心情剧烈悸动着，想到日后的自己将如何自惭形秽，不禁觉得很无趣。

“非常感谢！”

愚蠢的行礼后，我退出屋外，刺骨寒风迎面袭来。战斗开始了！恋爱、喜欢、爱慕，真正的恋爱、真正的喜欢、真正的爱慕。因为爱，所以没办法，因为喜欢，所以克制不住，因为爱慕，所以无法自拔。确实那位太太是很难得的好人，那位小女孩也很漂亮，可是我已经被迫站上神明的审判台，我一点儿也不觉得内疚，一点儿也不觉得惭愧，因为为恋爱与革命而活，上帝不应该责罚我，我一点儿也不可恶，因为是真正喜欢、真正的爱，所以可以大声地说出来。为了要与他见上一面，即使要两三天露宿荒郊野外，我也心甘情愿，毫无怨尤。

很快，我找到车站前挂着“白石”招牌的小吃店，可是他却不在里面。

“他去了阿佐谷了，就在阿佐谷车站的北站旁。嗯，大概半条街的路程吧！有间五金行，从那里往右转，再过半条街，就有一间写着‘柳家’的小吃店，老师最近和柳家的阿素小姐正打得火热呢！所以老泡在那边。”

来到车站买了车票，我坐上往东京的省线火车，在阿佐谷下了车，从北站出来，约半条街距离的五金行门口往右转，走到一半就看到写着“柳家”的小吃店。

“刚刚回去了，因为这儿人太多，他说要去西荻千鸟伯母那里喝到天亮！”

那女孩看来年纪比我轻，个性好像很稳重、高雅，也很亲切，想必她就是叫作“阿素”、正和上原先生打得火热的女孩吧！

“千鸟？在西荻的哪里呀？”

我心里孤寂得很，眼泪快要掉下来，不禁心想：此刻的自己是不是疯了？

“我不是很清楚，不过好像是下了西荻车站的南站旁边不远处吧？总之，到了那里，问问路上的警察，应该就会知道了。不过他不会只去一处喝酒，搞不好，去千鸟之前，还会先绕去别的地方呢！”

“我先去千鸟看看，再见了。”

又绕回去了。我从阿佐谷搭上往立川的省线，在荻洼、西荻洼的南站下了车，一面吹着刺骨寒风，一面到处乱逛，发现交通警察后，问了千鸟的位置，然后按照警察说的方向，一个人踽踽独行在万籁俱寂的深夜里。好不容易发现写着“千鸟”的蓝色灯笼，毫不迟疑地拍打格子门。

在水泥地房间旁，即是一间约六叠大的房间，房里弥漫香烟的烟雾，大约十个人一起围坐在房里的大桌子四周，正在大声喧哗着闹酒，其间穿杂着三位看起来比我年轻的小姐，也抽着烟喝着酒。

我站在水泥地的房里望过去，找到了！好像做梦一般的感觉，不对，六年了，整整六年了！喔！他已经变成完全不一样的人。

那就是我心里的彩虹——M·C，我生存的意义，真的是他吗？真的是他吗？六年了，一头蓬乱的头发虽然一如往昔，可是好像变白也变稀薄了。他的脸色蜡黄，发红的眼皮垂盖着，前面的门牙也掉了，嘴巴不住地掀动着，感觉好像一头老猴子弓着背坐在屋里一角。

一位小姐看到了我，用眼睛向上原示意。他伸长脖子，望向我这边来，脸上没有任何表情，只是点头示意。整桌的人好像对我毫不关心，继续大声地喧闹，不过还是纷纷挪了一下位置，让我在上原先生的右侧坐下来。

我静静地坐着，上原先生在我的杯里注满酒，然后也给自己的杯子斟满酒，低声说道："干杯！"

两只杯子轻轻地碰了一下，发出悲凄的响声。

"断头台，断头台，切！切！切！"不知谁先哼唱了起来，跟着也有一个人附和着唱道："断头台，断头台，切！切！切！"唱完，两人大声碰着玻璃杯，杯子发出清脆响声，他们一饮而尽。"断头台，断头台、切！切！切！"到处都有人跟着唱起这首胡来的歌曲，然后狠狠地干杯，一饮而尽。大家笑闹着，兴致高昂，每个人都恨不得把自己灌醉一般。

“那么！先失陪了！”一个人东倒西歪回去了之后，马上又有新的客人挤进来，不过好像只是来找上原先生说话的样子。

“上原先生，上原先生！啊，该怎么说才好呢，应该怎么说才好！嗯……”

这个人我确实记得好像是演新剧的演员藤田。

“就说千鸟的酒很便宜吧！”

上原先生说。

“还在讲钱！”

某位小姐回道。

年轻的绅士说：“‘两个麻雀不是卖一分银子吗？’你说贵吗？还是便宜？”

别的男士回答：“也有一句话说：‘我实在告诉你，若有一文钱没有还清，你断不能从那里出来。’①或者还有：‘按着各人的才干，给他们银子。一个给五千，一个给二千，一个给一千。就往外国去了’②吧？虽然是一则蛮困难的譬喻，不过基督教里钱也算得蛮精的。”

“那是因为那家伙也算个酒鬼吧！假若有人开始觉得：‘奇怪！圣经里怎么有那么多讲酒的例子’这就对了。圣经里不是也写着，我呀！被责备是爱酒之徒，不是吗？不写‘喝酒的人’，而说是‘爱酒的人’，所以他一定相当能喝。”

---

① 出自《马太福音》第五章二十六节。

② 出自《马太福音》第二十五章十五节。

另一位男士接口说道："好了，好了。啊！你们这些害怕道德的人，不要随便利用耶稣，来，小慧喝酒，唱吧！再唱吧！"

上原先生和看起来最年轻的小姐用力干杯，然后大口一饮而尽，酒从他的嘴角滴了下来，濡湿了下巴，他胡乱用手掌抹净，然后接连打了五六个喷嚏。

我突然站起身来，走到隔壁房里，向看起来病恹恹又有点儿苍白、瘦削的老板娘借了洗手间。回来经过这房间时，方才最年轻漂亮的小慧站在门口，好像在等我的模样。

"肚子饿不饿呀？"她很亲切地笑着问我。

"不会，因为我随身带了面包。"

"虽然这里没什么东西，"有点儿病容的老板娘慵懒横坐着，靠着火炉边说道，"就在这房里吃吧，如果要和那些拼酒的人在一起，整个晚上什么也别想吃了。来，坐这里，小慧也一起来！"

"喂！阿绢，没有酒了！"

隔壁的男士喊着。

"来了！来了！"那位叫作阿绢，身着漂亮和服，三十岁左右的服务生一边回答着，一边用夹子夹起十瓶酒放在盆子里，出现在门口。

"喂！等一下，"老板娘叫住她，"这里也摆两瓶！"一边笑着说，"阿绢，不好意思，待会儿你去后面的铃屋叫两碗乌冬面，要快一点儿！"

我和小慧在火炉边坐了下来，一面搓着手。

"把棉被铺开来，天气变冷了。要不要喝酒？"

老板娘在自己的茶杯里倒了酒，又往另外的两个杯里斟酒。

然后我们三个人默默地喝了起来。

“大家都好会喝啊！”

老板娘用很平静的口吻说道。

忽然拉门被拉了开来。

“老师！我拿来了！”响起年轻男子的说话声，“我们老板很会算的，说是两万元，只给了一万。”

“支票吗？”

接着是上原先生沙哑的声音。

“不是，是现金，真的很抱歉。”

“算了，我写收据给你。”

又是“断头台，断头台，切！切！切！”的干杯歌曲，从方才就不曾停过。

“直治人呢？”

老板娘正儿八经地问小慧，我吓了一大跳。

“不知道，我又不是他什么人。”

小慧有点儿惊惶失措，脸不觉红起来。

“他前一阵子是不是和上原之间有什么不快？我还在想他们搞不好会永远在一起呢！”

老板娘平静地说着。

“听说他喜欢上了舞女，好像最近有了跳舞的女朋友。”

“直治呀，又是酒，又是女人的，真是糟糕！”

“都是老师教的。”

“可是直治自己的底子不好呀，像这样的孩子……”

“嗯，对不起……”

我微笑着打断她们的谈话，因为想一想，如果一直保持沉默，不说话的话，以后可能会对她们两位不好意思，所以只好表明自己的身份。

“我是直治的姐姐！”

老板娘大吃一惊，眼睛盯着我不放，小慧却很平静地说：

“长得好像啊！方才看见你进来站在暗处时，我还吓了一跳，以为是直治来了呢！”

“喔，是这样子的吗？”

老板娘马上改了说话的口气。

“啊！我们这里很简陋，真是不好意思了，你和上原先生之前就认识了吗？”

“嗯！六年前见过面……”

说完，我再也接不下话，眼泪就快夺眶而出。

“久等了！”

女服务生端来面。

“趁热请用，请用！”

老板娘热心地劝着。

“谢谢！”

乌冬面的热气呛到脸上，我慢慢地吸着面条，这一刻才真正感觉到活着的凄楚。

随着低声哼着的“断头台，断头台，切！切！切！”的干杯歌曲，上原先生走进我们的房里，在我旁边盘腿坐了下来，默默交给老板娘一个大信封。

“就这样，剩下的该不会被骗了！”

老板娘看也没看信封里，直接丢进抽屉，一边笑着说。

“会拿来的，剩下的账，明年才会付。”

“什么话！”

一万元！有这么多钱，可以买多少灯泡？如果我有这么多钱，也可以过上一整年了。

这些人多么与众不同。可是，或许这些人也像我的恋情一样，若不如此，就活不下去吧？如果一个人无论如何都得辛苦地在世上活下去，或许对这些人的生命态度，就不会再如此嫌厌吧！活着，竟是一件如此艰辛的大事业。

“总而言之……”

隔壁的男士说道。

“若要在东京生活，如果不能若无其事、虚伪地与别人打招呼的话，是无论如何没办法活下去的。像我们这样要求诚实、忠厚美德的人，会被束手束脚。什么忠厚诚实？呸呸！都是垃圾！不是一定得活下去不可吗？如果不能不以为意地和人家说‘你好’，便只有三条路可以走，一条是回去务农，一条是自杀，一条就是当妓女的小白脸。”

“每条路都行不通的可怜男人，总还有最后唯一的一条路。”

另外一位男士接口说道。

“来上原这儿痛饮一番！”

“断头台，断头台，切！切！切！”继续唱了起来。

“没有地方住吧？”

上原先生好像喃喃自语般低声说道。

“我吗？”

我觉得自己好像一条举起镰刀型脖子的蛇，充满敌意。不同以往的感情让我的身体变得僵硬起来。

“可不可以和大伙睡在一起？天气很冷的。”

上原先生无视于我的愤怒，嚷嚷着。

“不行啦！”老板娘插嘴道，“太可怜了！”

“哼！”上原先生咋舌道，“如果这样，就不要到这种地方来嘛！不要来，不就好了嘛！”

我虽然默不作声，却很快知道这个人确实读了我写的那些信，然后比任何人都还深爱着我，从他讲话的口气中，我很快察知了这件事。

“没办法，只好去拜托福井看看。小慧，你能不能带她过去？但只有女人，半路很危险的，真麻烦！老板娘，把她穿的衣服拿来放在门口，我送她过去。”

外面已是深夜。风略停了下来，满天都是灿烂的星斗，我们并肩走着。

“其实就算和大伙儿睡在一起，也没有关系。”

上原先生只是用听起来很想睡的声音，回答了一声：“嗯！”

“你其实很想和我单独在一起，对不对？”

我说完笑了笑，上原先生歪着嘴，苦笑道：

“就因为这样，所以才不要……”

我深刻了解到“自己是深深被爱着”的事实了。

“每天晚上都喝这么多酒吗？”

“对，每一天，从早到晚。”

“酒，好喝吗？”

“难喝死了！”

听着上原先生的话，不知为什么，我起了一阵寒战。

“工作呢？”

“都不行了！不管写什么，全都被说是胡言乱语，所以伤心得不得了。这是生命的黄昏、艺术的黄昏、人的夕阳，真讨厌！”

“郁特里罗[①]！”

我无意识地脱口而出。

“郁特里罗，他也好像很讨厌活着呢！一位因酒精中毒而死的人，已是死人骸骨了！最近十年来那家伙画的画都很俗气，全部都不行。”

“不光只是郁特里罗吧？其他大师们也一样……”

“对！很衰弱！连新冒出来的芽，光只是新芽就开始衰弱了。霜，好像世界下了一场没来由的霜雪。”

上原先生轻轻搂抱我的肩头，我的身体好像整个儿都被上原先生的两层袖子包裹起来般。我也不抗拒，反而紧靠着他，慢慢走着。

---

① 莫里斯·郁特里罗。法国画家，擅长以印象派为基础的独特画风，是著名的法国街道景色画家。

路旁树头的枝丫，没有一片叶子，孤零零的枝丫好似尖锐的刺穿破夜空。

“树枝好美呀！”我突然没头没脑地喃喃自语起来。

“嗯，花和漆黑树枝的协调感……”他有点儿微微吃惊地说道。

“不！我喜欢没有花、没有叶子，像这样光秃秃、什么也没有的树枝。即使它们什么也没有，还是傲然挺立着，不是吗？这和枯枝是不一样的。”

“是不是只有自然是永不衰颓的？”

他说完，又连打了无数个大喷嚏。

“你是不是感冒了呢？”

“不是，不是，都不是。其实这是我的怪癖，当酒醉到饱和状态时，偶尔会打起这样连续的喷嚏来，好像是酒醉到饱和的指标一样。”

“恋爱呢？”

“什么？”

“会怎么样呢？当爱到达饱和状态时，又会怎么样呢？”

“不许你这样子嘲笑别人，女人都一样，不可以太缠人。断头台，断头台，切！切！切！其实我只有一个人，喔不！是半个人。”

“你看了我的信吗？”

“看了。”

“你的回答呢？”

“我很讨厌贵族，他们总会有些高傲的地方，你弟弟直治也是这样，总以为自己是贵族，不时现出一种很难相处的小小骄傲。我是乡下农夫的小孩，每次经过这种小河，都会想起小时候在故乡河边钓鱼的情景。”

在沉静的阒黑中静静流淌的小河，一路伴随着我俩向前方迤逦而去。

“像你们这样的贵族一定没办法理解我们的感伤，会瞧不起我们的。”

“屠格涅夫[①]呢？”

“那家伙也是贵族，所以，我很讨厌他。”

“可是，《猎人日记》[②]里……”

“那里头写得还不错！”

“那也是农村生活的感伤……”

“那家伙是乡村贵族，所以有点儿妥协吧！”

“我现在也是乡下人，也种田，是乡下的穷人。”

“到现在还喜欢我吗？”

他用近乎粗暴的语调问道。

“还想要生我的孩子吗？”

我没有回答。

就像巨石从天而降的气势般，他俯身向我的脸压了下来，胡乱吻

---

① 俄国小说家，为贵族之子，作品主要以农奴解放前后的老贵族意识和拥有改革理想新世代间的对立为基调，描写俄国的田园生活。代表作为《猎人日记》、《父与子》等。

② 《猎人日记》，屠格涅夫著。以俄国中部自然风光为背景，深刻描写农奴生活、人类性格等等的二十五篇短篇集。

着，是散发着情欲的吻。我一边接受他的吻，一面流下眼泪，那泪就像是屈辱、悔恨、苦涩的泪水，不停地夺眶而出。

当两个人再并肩而行时，他苦笑着说：

“完蛋了，爱上你了！”

可是，我却笑不出来，紧皱着眉，噘着嘴。

没有办法。

如果要用言语表示的话，就只有这么一句“没有办法”可以诠释自己现在的感觉。我发现自己正拖着沉重的脚步往前走。

“完蛋了！”他又说了一次。

“要去吗？”

“好讨厌！”

“这个家伙！”

上原先生用拳头捶我的肩，又打起连串的大喷嚏来。

我们走到名叫福井的家里，好像所有的人都睡着了。

“电报，电报！福井先生，有你的电报。”上原先生大声叫着，并用力敲打着玄关的门。

“上原吗？”屋里响起了男人的声音。

“是我，王子和公主来拜托投宿一晚了！外面好冷，害我喷嚏打个不停，好不容易和漂亮女生走一段‘爱的小路’，却不断打喷嚏，这下好了，简直成了笑闹剧。”

玄关门被从里头拉开了，一位年约五十多岁、头也秃了的小老头出现在眼前，他穿着一件鲜艳的睡衣，露出奇怪的笑容迎接着我们。

“拜托你了。”

上原先生只说了这么一句话，斗篷也没脱下，直接进到屋里。

“画室不行啊，太冷了。二楼借给我们，走吧！”

上原牵着我的手，爬上位于走廊尽头的楼梯，眼前是一间昏暗的房间，他马上扭开房里一角的开关。

“好像食堂的厢房喔！”

“嗯，他喜欢赚钱，这种人来画画，简直蹧踏了。这个人就算运气再不好，碰到再大的灾难，也绝对不会想死，所以不能不好好利用他一下，来吧，睡觉，睡觉。”

上原简直像回到自己家里一样，擅自打开橱柜，拿出棉被铺了起来。

“你就睡在这里，我回去了，明天早上再来接你，下了楼梯右手边就是厕所。”

他很快下楼离开了，这时四周下才安静下来。

我将电灯关起来，脱下父亲从国外带回来的天鹅绒外套，只松开和服背带，就直接躺在床上，因疲惫不堪再加上喝了酒的缘故，身体软趴趴的，没多久便进入梦乡。

不知什么时候开始，他竟然躺到了我的身边，我默默地抵死挣扎，将近一个小时左右。

突地觉得其实他也挺可怜的，于是放弃挣扎。

“如果不这样，就不会安心是吗？”

“嗯，差不多吧！”

“你把身体搞坏了吗？是不是在咳血？”

“你怎么知道？其实前一阵子还蛮严重的，可是我并没有告诉任何人。”

“因为你身上的味道和我母亲去世前一样。”

“因为我每天拼死拼活、不要命似的喝酒。活着实在很痛苦，痛苦得不得了。实在又孤独、又寂寞，没有所谓的从容。因为太痛苦了，所以总是愁云惨雾，当四面八方听到的都是叹息的声音，就更没有自己一个人幸福的道理吧？当知道自己活着，绝对不可能得到幸福或荣耀时，人到底是怎样的心情呢？努力，其实不过只是给饥饿野兽的诱饵罢了。悲惨的人实在太多了，好讨厌！”

“不！”

“只有靠恋爱了，诚如你信中所说的一样。”

“是呀！”

我的爱就此消失不见了。

天亮了。

房间微亮着，我仔仔细细看着睡在身旁这人的睡颜，他的脸上是好像快要死去的神情，一副好像很疲惫不堪的模样。

这是一张牺牲者的脸，一个高贵的牺牲者。

我的他，我的彩虹，我的孩子，好丑的人，好坏的人。

好像这世上永远不会再有的……美丽，非常美丽的容颜，这一刻好像重新唤回逝去的恋情般，胸口小鹿乱撞，我轻抚着他的头发，亲吻了他。

好悲哀呀！好悲哀的爱情成就感呀！

上原先生就这样紧闭着双眼，抱紧了我。

“我很乖僻，因为是农夫的孩子。”

我再也不想和他分开了。

“现在，这一刻我是很幸福的，即使听到四处墙壁传来悲叹的声音。而此刻的幸福也到达了饱和点，好像快要打喷嚏般幸福……”

上原先生呵呵笑了起来，说道：

“不过天色已晚，黄昏了。”

“才不是呢，是早上。”

弟弟直治在这一天早上自杀身亡。

7

这就是直治的遗书。

姐姐！

不行了！我只有先走一步。

我完全不知道，自己究竟为什么非活着不可呢？完全不懂。

老天只要让想活的人活着就好了，不是吗？

就好像人有生存的权利一样，人也应该有死亡的权利才对呀！

我这样的想法并没什么新意，本来就应该如此，很奇怪的，人特别害怕面对如此原始的事，而不敢勇敢地说出来。

想要活下去的人，不论碰到什么境遇，都应该能够勇敢地活下去，而所谓了不起的人类荣耀光环，也一定就在“勇敢活下去”之中吧！可是我想：死亡也绝对不应该是一种罪恶。

很难让我这一根小草继续活在这社会的空气与阳光下了，即使想活下去，可是就是欠缺一点什么，就是有一点不足。其实可以活到今天，我已经尽了最大的力量。

进入高中后，我开始和一群与我们生长阶层迥然不同，却十分勇敢的朋友相处，我被他们的气势所迫，不想输给他们，所以利用毒品麻醉自己，陷入半疯狂状态下做抵死的反抗。然后我当了兵，在军营里，还是利用鸦片作为自己生存的最后手段，我想姐姐也一定不能了解我如此的心情吧！

我很想变得粗俗下流。坚强，不！想变得强悍粗暴。我觉得这是变成像自己那些“平民百姓”朋友、所谓一般人唯一的一条生路。喝酒，我也不行，总是头晕眼花，根本不会喝酒。因此，除了毒品之外的一切，都不行。我不得不忘了家，不得不抗拒父亲的血缘，不得不拒绝母亲的慈爱与温柔，不得不对姐姐冷淡，因为若不这么做，自己就得不到“进入一般平民百姓家里”的入场券。

我变得粗俗，也会使用下流的言语，可是其中有一半，不，有百分之六十是刃上加钢的刀——临阵磨枪，逞一时之能罢了，其实是很笨拙的。对平民百姓来说，我毕竟还是一个装腔作势、矫揉造作、窘迫不堪的男人，他们根本不能与我水乳交融地相处。可是，已经走到这个地步，我再也没办法回头了。现在我的粗鄙虽然有百分之六十是后天模拟的，可是还有百分之四十是真正的下流。我对所谓上流沙龙俗不可耐的优雅几乎要作呕，一刻也不能忍受。而那些伟大、了不起的人，和拥有洋洋洒洒头衔的人，也无法消受我的恶行恶性，马上将我放逐边疆，不是吗？我再也不能回到过去曾经一度抛弃了的世界，可是尽管如此，平民百姓还是只发给我充满恶意与虚情假意的“旁听席”座位罢了。

不管任何一个世代，像我这样生活能力极低，又满是缺陷，也没有什么思想的人，或许最后只能落得自然消亡的命运。可是，即使是这样的我，还是有一点意见，那就是：感觉到自己无论如何很难再活下去了。

人，大家都一样。

而这究竟是否就是思想呢？我觉得发明这种不可思议名词的人不是宗教家、哲学家，也不是艺术家，而是从一般平民百姓酒家冒出来的话。好像蛆在增生般，不知道从何时开始思想就悄悄不断地冒出来，覆盖全世界，把全世界弄得狼狈不堪。

而这不可思议的名词，和民主主义或者马克思主义一点儿关系也没有，这一定是酒吧里的丑男人对美男子说的话，目的只是在刺痛对方罢了，只是因为嫉妒，根本不是什么思想。

本来不过只是在酒吧里因为嫉妒、吃醋而发出怒吼，却奇怪地装成很有思想的样子，穿梭在民众之间。明明与民主主义和马克思主义根本没有任何关系，却不知从何时开始，偏偏缠上政治思想和经济思想的名目，而变得很怪异拙劣。或许因此梅非斯特[①]（恶魔名）才会觉得：以思想为名来诠释这些乱七八糟的胡言乱语，是有愧于良心且令人彷徨不

---

① 十五六世纪时，在德国浮士德传说中的恶魔。它在哥德的《浮士德》中，以捐弃灵魂、诱惑人心向恶的形象出现，与一心想体验人生的主角浮士德一起登场。

己的吧！

人，大家都一样。

这听起来是很懦弱、无耻的话吧！鄙视人们的同时，也在鄙视自己，也就是说：没有一丝自尊，放弃一切努力。马克思主义主张劳工的优越性，不用说，其实是一样的，民主主义则主张个人的尊严，不用说，还是一样的东西。只有妓院拉客的男人说："嘿！嘿！即使再装模作样，还不是一样的人？"

为什么说一样，而不说很棒呢？其实，这一切全都是奴隶本性的复仇。

这句话听起来十分猥琐，令人胆战心惊，人们彼此害怕，害怕所有思想被亵渎，害怕自己的努力被嘲弄，害怕自身的幸福遭到否定，害怕美貌被玷辱，害怕荣耀被剥夺等等。我觉得所谓"世纪的不安"就从这一句不可思议的"思想"一词衍生出来。

虽然觉得这确实是一句很讨厌的话，可是毕竟还是受到它的胁迫，让人十分害怕，害怕得战栗、羞怯，忐忑不安甚至无法安身立命，只好借助酒精与毒品的麻醉，寻求片刻的安心，到头来终于乱成一团。

我很懦弱，是吧？是一位个性有着某种重大缺陷的人吧？或许有人会说：什么托词、借口！根本就是强词夺理罢了。哼！其实说穿了，这个人根本就是喜欢玩、懒惰、好色、游手好闲！过去人们这么说我时，我总是羞红了脸，暧昧地点头承认，可是当我快要死的现在，却很想说一句抗议的话。

姐姐！

请相信我。

我就算在玩，也一点儿都不快乐，或许我是一个快乐无能者。其实我只是为了想脱离被称为“贵族”的自己，尽情疯狂、享乐、颓废。

姐姐！

到底我们有什么罪呢？诞生在贵族人家，是我们的罪孽吗？只不过，只不过因为诞生在这样的家里，我们就必须永远像犹大①的家人一样卑躬屈膝、不断赔罪、苟且偷生吗？

我应该更早一点死掉才对。可是，只有一点放不下，那就是妈妈的爱。每念及妈妈的爱，就死不了。人类也应该与拥有生存的自由一样，拥有随时想死就死的权利才对，可是我认为在母亲活着时，就非得保留自己死亡的自由与权利不可，如果孩子死了，无疑也同时杀死了母亲。

可是，现在就算我死了，也没有一个人会悲伤到将身体哭坏吧！啊，不，姐姐，我知道的，知道失去我以后你悲伤的程度，但请停止矫情的感伤吧！虽然你们知道我死了，一定会悲伤哭泣，可是只要想一想我活在世上的痛苦，还有从痛苦的活得到完全解放的喜悦，我想只要这样一想，你们的悲伤一定会渐渐消失不见的。

责备我为什么要自杀，觉得我无论如何也应该继续活下去？完全不能提供帮助，只会逞口舌之快，恣意批评别人的人，绝对是那种敢睁眼说瞎话的了不起的人。

---

① 耶稣的十二门徒之一，因为十个银币将耶稣出卖给罗马政府。耶稣被钉死后，犹大因悔恨自杀。

姐姐！

我死了才好！因为我是如此没有所谓的生活能力，因为没钱，所以没有和人竞争的能力，我甚至不敢让别人请客呢！和上原先生在一起时，也一定是自己付账。上原先生说这是贵族的小家子气自尊，十分讨厌我这点，可是我还是没办法用自尊去付账单，我十分害怕用上原先生辛苦赚来的钱吃吃喝喝、抱女人，无论如何也办不到。但如要轻率地一口咬定这是因为“尊敬上原先生的工作”，老实说，那也是骗人的。我并不知道不敢让别人请客究竟是为了什么，只是实在害怕别人请我，特别是用此人胼手胝足赚来的钱时，我更是痛苦不已、于心难安呀！

虽说如此，我还是从自己家里拿了那么多钱和东西出来变卖，让妈妈和你为我伤心，而我本身却一点儿也不快乐。我告诉你们说，想计划做出版商等等的事业，其实也只是说来作为掩饰羞愧的借口，根本不是真心的。就算是真心想做，像我这样无法毫不拘泥、让人家请客的人，根本没办法赚钱呀！就算自己再笨、再驽钝，还是没办法不介意这件事。

姐姐！

现在的我们已经变得很穷了。就算有生之年，想请客，也没钱可以请客了，一辈子都没办法请客了。

姐姐！

再加上，我实在不知道自己为什么还要活下去，既然已经没办法活下去了，所以我决定死！手上有一种可以轻松死去的药，在当兵时，就已经拿到手，一直放在身边以备不时之需。

姐姐又美（不是自己夸自己的妈妈与姐姐）又聪明，所以我一点儿也不担心姐姐的事，也没有担心的资格。因为这样就好像小偷在体恤被偷了钱的人一样，会因此惭愧得无地自容。不过，我想姐姐将来一定会结婚、生小孩，倚仗丈夫活下去吧！

姐姐！

我有一个秘密。

很久以来，我保密再保密，即使到了前线，也不断想起她，梦见她，更不知道有多少次闭上眼睛，为了想她而偷偷抹去泪水。

这个人的名字，我想我无论如何也说不出口，虽然此刻心想着，自己就快要死了，至少也要告诉姐姐。可是不知道为什么，还是很恐惧，无法说出她的名字来。

不过，我觉得如果自己将这个秘密当成永远的秘密，都没对任何人说，就带进坟墓里去的话，那即使身体烧成了灰，胸口处也还是会留下烧焦的臭味，会因此无比不安。所以只好拐弯抹角，假装纯属虚构。虽然我用的是匿名，可是，只要我一说，相信姐姐一定会马上识破对方是谁，我想你一定会发现的。所以说是虚构，倒不如说只是匿名罢了。

姐姐，你知道吗？

姐姐也应该知道这个人才对，可是，我想恐怕你们并没见过面吧？这个人比姐姐还年轻，丹凤眼，从来没烫过发，平日总是扎起一束马尾，如此朴素的发型，配上非常简单的服装，却一点儿也不见邋遢，总是很利落整洁的模样。她是在战后陆续发表新画法，霎时变得很有名气的某中年画家之妻。这个画家装扮总是很随便、颓废的模样，可是太太却不然，虽然是很平实的装扮，却随时都很优雅地微笑着。

当我站起身来说：

“那么，我先告辞了！”

她也站起来，毫无警戒地走到我身边，抬眼看着我说：

“为什么？”

她用很平常的声音说着，好像很不可思议地偏头、盯着我。眼中没一点儿矫情伪善，没一点儿邪气。平常当我与女人四目相对时，总不觉仓皇失措，很快将视线别开，唯独对她却一点儿也不觉得害羞，两人的脸只间隔一尺左右，却相对六十秒以上，我感觉很舒服，深深望进她的眼里，然后不觉微笑起来。

“可是……”

“他马上就回来了！”

她还是一本正经地说道。

心里不觉想到，所谓的正直，是否就像这种表情？我觉得那一点儿也不像教科书上老教条所诠释的生硬道德，名为正直、原本为美德的东西，应该就像如此的可爱，不是吗？

“我还会再来。”

“是吗？”

从开始到结束，我们两人根本没什么对话。那是某个夏日午后，我造访这一位西画家的家，虽然西画家当时并不在，可是应该很快便回来，所以他的夫人建议：“要不要进来等一下？”于是我进入屋里，看了三十分钟左右的杂志。可是，西画家完全没有快要回来的样子，所以我才站起身来，说了一句“先告辞了”，接着就发生这件事了。从那天的那时起，我为了那对眼睛陷入深深的苦恋。

那对眼睛，应不应该说是“高贵”呢？我敢断言，在周遭的贵族里——当然妈妈是不必说了——从来没有一个人有如此毫无戒心的正直眼神。

于是，在某个冬天的黄昏里，我又再次侧面观察了她。还是在这位西画家的公寓里，与西画家把酒共欢，我坐在暖炉边，从早开始喝酒，听他将那些所谓日本文化人批评得一文不值。不久之后，西画家终于醉倒，呼呼大睡起来，我也在西画家身边躺了下来，突然有人在我身上盖了一条薄毛毯，待我微微张开眼睛，发现东京的冬日夕阳好像沉浸在一片蓝光中，西画家的太太若无其事地抱着女儿坐在窗边，端庄的身影衬着蓝色夕阳余晖的背景，好像文艺复兴时期的画作，刻画着无比优美的轮廓。为我盖被的身影是如此亲切，一点儿也不狐媚，不带一丝色欲。啊！我真心觉得，所谓的人性这个词，就在此刻起死回生了。对他人理所当然的照拂与关怀，毫不经意间的举止，就如画一般宁静安详，她眼睛直直眺望着远方。

我闭上眼睛，深深爱慕着她，几乎到了疯狂的境地，眼里不觉涌出了泪水，只好将毛毯拉起来盖在头上。

姐姐！

我之所以会去拜访这位西画家，一开始是因为被他作品中独特的味道所吸引，感觉其中潜藏着某种狂热的激情，不知道是不是喝醉了的关系。可是随着交往愈深，愈发现这个人的粗鄙、没有教养和荒唐胡来，而正好相反的是，受到他的妻子美丽心情的深深吸引，喔！不！应该说是爱上拥有如此端庄爱情的女人，我仰慕她、向往她，后来竟变成为了想见他的太太，而不时去拜访这位西画家。

这位西画家的作品中多少也带有一点高贵的气息，现在想起来，或许是画中反映了太太的温柔，所以才会有这么高贵的味道吧！

而这一位西画家，照我现在的感觉来说，其实不过只是一个喜好杯中物，喜欢吃喝玩乐、巧言令色的商人罢了。为了想要赚花天酒地的钱，所以胡乱在画布上涂鸦，趁着流行的潮流，故意叫价昂贵，他唯一拥有的只是乡下人的厚脸皮、无耻的自信和狡猾的商业头脑罢了。

恐怕他连别的画作究竟是日本人还是外国人画的，都不知道吧！甚至恐怕连自己到底在画些什么，也不知道吧！他或许根本不会知道别人的画中的好，只会不断地贬抑他人，将别人批评得一文不值。

也就是说，光只是嘴上将颓废生活说得好像多辛苦，其实不过只是愚蠢的乡下人来到憧憬已久的都市，突然成功，连自己都觉得很不可思议，因此得意扬扬、到处玩乐罢了。

我曾经对他说起：

“当朋友都在玩乐时，如果只有自己一个人用功的话，不知道为什么会很不好意思、也很害怕，怎么样都用功不下去。所以即使心里并不想玩，也只好加入大伙儿，一起玩起来了。”

那位中年画家不在乎地回答：

“咦？这应该就是所谓的贵族气息吧！好讨厌啊，我如果看到别人在玩，就会觉得自己不玩是一种损失，所以也会大玩特玩起来。”

这时候我打从心底瞧不起这位西画家，这个人的放纵荒唐里没有一点儿苦恼，还不如说他甚至自豪这种荒唐的游戏，所以他只是一个很愚昧，不知烦忧为何物的人。

可是即使说再多这个人的坏话，和姐姐一点儿关系也没有。不过，只是在这临死的一刻里，想到和这个人的交往，突然非常怀念起来。好想再见他一面，有一股好想再和他一起玩乐的冲动，再也没有一点儿讨厌的感觉，因为他也不过只是寂寞罢了，其实还有很多优点，所以我就不再说了。

说实在的，我只是很想将爱恋他的太太，以至于仓皇失措，甚至十分痛苦的感觉告诉姐姐，只想让姐姐一个人知道，所以姐姐就算知道了这件事，也绝对没必要告诉任何人，或好管闲事地想为弟弟生前无法实现的心愿尽一点心力，不必如此。只要姐姐一个人知道这件事，并偷偷想“啊！原来如此”就好了。如果要说我还有什么愿望的话，应该是经过这番羞赧的告白，至少希望姐姐一个人能深深了解过去这一段生命里，我所面临的痛苦，只要这样，我就很高兴了。

不知何时，我曾经梦见和这位太太手牵着手，而且不知怎么的，心里就是明白，她从很早以前就开始喜欢我了。即使从梦里醒来时，手掌里也好像一直留着她手心的余温，只是这样，心里就很满足，不得不死心了。道德不可怕，我却惧怕那位半是狂人，啊，不！或许该说几乎就是疯子的西画家，我心里很怕，怕得不得了。想到要死了这一条心时，胸口的一把火好像要烧开来。愈是如此，我只好和别的女人玩得愈疯狂，甚至让那位西画家也皱起眉头来。不知怎么的，我好像只求能从对太太的迷恋中脱逃、遗忘，而除此之外，做什么都无所谓。可是终究还是没办法，我毕竟还是一个只能单恋一位女性的男人。可以明确地说：除了那位太太之外，自己从来不觉得其他任何一位女人是美丽或可爱的。

姐姐!

在临死之前，再让我写这一次，就这么一次吧!

……阿菅。

这是那位太太的名字。

昨天带着根本一点儿也不爱的舞女（这女的本质上有很蠢的地方）回到山庄来，可是当时我并没想到今天早上要一死了之（虽然一直感觉最近势必会死）。昨天之所以会带这个女的回来山庄，是因为被她缠得受不了，我也觉得在东京玩得很累了，所以，想想不如带这位女孩回来山庄住个两三天，虽然对姐姐有点儿不好意思。总之一起回到家里来以后，姐姐却去了东京朋友家，突然在这个时候，好想一死了之!

其实从以前一直以为我会死在西片町的家里，因为若死在荒郊野外或马路上，被一些人绕着尸体奚落，我是无论如何也不要的。谁知道西片町的家已经让渡给别人，现在除了死在这山庄里，也别无他法。过去只要想到第一位发现我自杀的人是姐姐，而姐姐到时候是何等惊愕、恐惧，以及在和姐姐两个人独处的夜晚自杀，心里总感觉无比沉重，所以无论如何也下不了手。

所以今天说什么都是一个好机会，姐姐不在家，反之，那位相当迟钝的舞女会成为第一个发现我自杀的人。

昨天晚上两个人一起喝完酒，我让那女的睡在二楼的房间里，而我自己一个人在妈妈死去的床上铺好棉被，开始写这一封悲惨的信。

姐姐！

我对活下去，再也不抱希望了，再见了。

到头来，我的死是自然死，因为人只有思想是永垂不朽，永远不死的。

接着，还有一个很羞于启齿的请托。姐姐，你不是打算将妈妈的遗物——麻和服——改制成给我明年穿的夏衣吗？请将那件衣服放在我的棺材里，因为我很想穿它。

天就快要亮了，过去老是麻烦你，谢谢。

再见了。

昨晚的酒，已经完全清醒了，我要清醒着死。

再说一次：再见了。

姐姐！

我是贵族。

8

梦。

大家都离我而去了。

为了料理直治的后事，在他走后，我一个人在冬天的山庄里住了一个月。

而我怀着如水般无比平静的心情，写下了恐怕是给他的最后一封信。

总而言之，你也会弃我而去吧！不，会渐渐、渐渐地遗忘我。

可是，我还是幸福的。因为诚如我所愿，有了自己的孩子，虽然现在好像失去了一切的模样，可是肚里小小的生命却成为我孤独中的一抹笑。

实在无法想象所谓污秽的失策，最近自己终于能了解这世上为什么会有战争、和平、贸易、公会与政治的道理，你大概不知道吧？所以，永远都会不幸。让我来告诉你吧，女人就是为了生一个好小孩。

我从一开始就不对你的人格或责任抱持任何期望，只有一意孤行的单恋那种冒险成就是唯一问题所在。而今我的心愿已经完成，所以现在心里就像森林的沼泽般平静。

我觉得自己胜利了。

玛利亚即使生的不是丈夫的孩子，但如果玛利亚很自豪，她们还是圣母与圣婴呀！

我无视古时候的道德观，只要能生一个好孩子就无比满足。

你之后想必还是唱着“干杯歌”，和那些绅士淑女们喝酒畅饮，继续过着颓废的生活吧！可是，我不会阻止你，因为那已经成为你最后斗争的形式了。

不要再喝酒、把病给医好、做一番永垂不朽的大事业等等诸如此类冠冕堂皇的道理，我已经不想再说。比起做一番大事业，以不要命的心情，过着所谓伤风败德的生活，或许更应该受到后世人们的景仰。

牺牲者，道德过渡期的牺牲者，你我或许都是这样的人吧！

到底在何处进行“革命”呢？至少周旋在身际的古老道德观就毫无改变地遮挡住我们的去路，不管大海表面的浪涛如何起伏壮烈，底下的海水却假装睡着一样，毫无所动呢！

不过，我只是在过去的第一回合作战中，小小地压制了八股道德观，接着要与我生下来的孩子一起迎战第二回合、第三回合……

生下爱人的孩子，并将他抚养长大，是我道德革命的实践与完成。

即使你将我忘了，即使你为了酒而丧命，但为了完成革命，我都能健康地活下去。

之前已从某人身上领教了你人格上的缺陷，可是让我变得如此坚强的人却是你，就是在我的胸口架了一道革命彩虹的你。给了我生存目标的人，也是你。

我以你为豪，将来也要让出生的孩子以你为傲。

私生子和他的母亲。

可是，我们不管到何时何地都要与古老的八股道德观抗战，准备像太阳般活下去。

如何呢？你也要继续你的奋战吗？

革命甚至还没有开始呢！因为需要更多、更多宝贵的牺牲。

这世上最美丽勇敢的牺牲者呀！

还有一个小小的牺牲者呢！

上原先生。

虽然我再也没有任何事想央求你，可是为了这位小小的牺牲者，只希望请求你原谅一件事。

那就是希望能让你的太太抱抱我出生的孩子，只要一次就好了，然后，在那个时候请容许我这么说：

“这是直治和外面女人偷偷生下的孩子。”

为什么要这么做呢？实在没办法对任何人说明，可能连我自己都说不清为什么要这么做。为了直治这个小小牺牲者，请无论如何非让我这么做不可。

你一定很不高兴啊！即使不高兴，也请无论如何包涵一下，拜托你一定要听从这位被抛弃、被遗忘了的女人唯一的、小小的心愿。

M·C我的爱。

M · C, My Comedian

昭和二十二年二月七日

人间失格

序言

我，曾经看过三张那个男人的照片。

其中一张，应该是那男人的幼年时代吧！

推估约为十岁时所拍摄的照片，那孩子被一大群女孩包围（可想而知，大概是孩子的姐妹以及堂姐妹们），站在庭院池塘旁，他穿着粗条纹的和服裤裙，头微微呈三十度向左偏，笑得丑丑的。

丑丑的？不过，对于迟钝的人而言（意即对美丑并不关心的人），则是一副无所谓的表情，仿佛那孩子的笑脸很普通而说道：“真是个可爱的孩子啊！”即使嘴里说得很谄媚，也未必听得出其中的虚情假意。

可是只要是对美丑稍微有那么点概念的人，或许瞄一眼就会说：“搞什么嘛，好讨厌的小孩！”不快地嘟囔着，然后用像是在挥去毛毛虫的手势，一把将照片扔下。

真的，那孩子的笑脸，越仔细看，越会在不知不觉中，感到一种微微的憎恶感。那根本不是笑脸。那孩子，完全没在笑。证据就在他那双手紧紧握拳站着的样子。

人类啊，是不会在紧紧握着拳时还笑得出来的。是猴子！这是猴子的笑容！只是让脸庞布上丑陋的细纹罢了。这是个若说成“皱巴巴的孩子”也不为过的怪异表情，莫名地惹人厌、诡异地让人火大。到目前为止，我还从未看过哪个小孩子的脸上有着如此不可思议的表情。

第二张照片上的脸蛋则有着令人惊愕的天壤之别：

一副学生样，虽然分不太清楚到底是高中时代的照片，还是大学时代的照片，总而言之，就是个翩翩美少年。但很怪的是，这照片上的主角，有种让人觉得不像活人的样子。

他穿着学生服，胸前的口袋里露出一点点白手帕，坐在藤椅中盘着腿，依然漾着笑容。这一次的笑容，不是皱巴巴猴子般的笑，而是相当有技巧的微笑，但与人们的笑容相比，老觉得有些异样。该说是他气色很好呢？还是世故老练？……笑容中毫无实在感。倒不如形容像是一张如羽毛般轻薄的全白纸张，上面摆着笑容。因为，从头到尾都是虚假的感觉。

“装模作样”不足以形容，“轻浮”不足以形容，“娘娘腔”不足以形容，“时髦”当然也不足以形容。而且，仔细一看，这位俊美的学生让人有股莫名诡谲之感。截至当时，我还从未看过哪个青年有着如此怪异的美貌。

还有一张照片，最是奇怪。

照片中人有多大岁数不得而知，头发看来有些花白。他在一间很脏的房间角落（照片中清楚显现出房间墙壁有三处崩裂），两手盖在小小的火盆上，这回脸上毫无笑容可言，一脸木然。好像将手掩盖在火盆上坐着坐着就会自然死去一般，着实是一张令人作呕、充满不祥的照片。

奇怪的不仅于此。因为照片中的脸占了绝大面积，让我得以仔细地观察这张脸的构造。额头普通，额头上的皱纹普通，眉毛普通，眼睛也普通，鼻子、嘴巴、下巴等等全都很普通。

啊，这张脸不但毫无表情，还让人没有一丝印象，毫无特征。假设我好好端详这张照片后，闭上眼睛，再回想，我已经忘了这张脸的模样了。房间的墙壁、小小的火盆或许还能勾起我一点点记忆，但对房间里主角的长相却完全没有任何印象，完全想不起来。这是一张不能入画的脸庞，连漫画的方式都不成。睁开眼睛一看，啊，原来长这样啊！甚至连想起来的喜悦感都没有。说得明白一点，就算睁开眼睛再看这张照片，也不会给人留下印象。只是觉得很不愉快和焦躁，让人想赶快移开视线。

要是真有所谓“将死之人的模样”，也应该比这更有表情、更让人有印象才是，除非是人身马面，才会让人有这样的感觉吧！总之，没由来地，看着看着，就感到毛骨悚然、令人讨厌作呕了。到目前为止，我从未看过哪个男子有如此怪异的脸庞。

第一手札

一直以来，我过着羞耻的生活。

对于生活，我没什么目标。由于自小生长在东北的乡下，第一次看见火车，还是年岁较大之后的事了。我在火车站的天桥上上下下，完全没注意到这是为了跨越铁轨所建的，只觉得车站内的构造宛如国外游乐场，复杂又有趣，以为它只是因为时髦而装设的，我还真的有一段相当长的时间这么认为呢!

对我而言，在天桥上跑上跑下，是在玩着相当时髦的游戏，我当初还一直觉得这是铁路局最令人称道的服务之一，后来当我发现这是用来让旅客们跨越铁道的具有实用性的楼梯时，突然间觉得索然无味。

当我还是小孩子的时候，在图画书里看到地下铁这类的东西，竟不觉得是为了实用而建造的，径自认为比起乘坐在地面上的车子，在地底下搭车会是一种更与众不同而有趣的游戏。

我从小体弱多病，常常卧病在床。但躺归躺，却觉得床单、枕套、被单等等，实在都是些无聊的装饰，直到快二十岁，才意外发现这些都是实用品，当时的我对于人类的俭朴，感到黯然而悲哀。

还有，我从来不知道什么是饿肚子。不，这并不代表我生长在一个衣食无缺的家庭中，没这么愚蠢的意思。是因为我完全不知道“饿肚子”的滋味是什么。虽然听起来有些诡异，但就算是肚子饿，自己也浑然无所觉。

我还记得，小学、中学时候，从学校一回来，周遭的人便会争相对我说：“啊！肚子饿了吧！放学后肚子最容易饿了，来点甜纳豆如何？还有蜂蜜蛋糕和面包喔！”因此，我就会发挥天生阿谀的精神，喃喃地说着“肚子饿了！”，然后一口塞进十颗左右的甜纳豆。可是，饿肚子到底是什么感觉呢？我实在一丁点儿都不知道呀！

当然，我的食量相当大，不过却没有一丝一毫因感到饥饿而进食的记忆。我会吃公认的山珍海味，也会吃别人眼中的丰盛佳肴，还有，到别人家时他们端上来的食物，我也会吃到撑为止。

然而，对幼年时代的我而言，最痛苦的，莫过于在自己家里吃饭的时候。

在乡下的家中，家庭成员十余人全部各自对着饭菜，面对面地排成两列，身为家中幼子的我，自然坐在最后方的座位上。

饭厅有些许阴暗，吃午饭时，全家十余人不发一语地扒着饭的模样，老让我有种不寒而栗的感觉。加上是传统乡下家庭的关系，配菜大致都是那样，根本不用奢望会有什么珍贵而丰盛的食物，因此我对用餐的时刻渐渐感到恐惧了。

有时我还会在阴暗饭厅的末端，在以为自己是因寒冷而战栗的念头下，一点一点将饭送到嘴边硬塞进去，甚至还思索着，为什么人每天都要吃三餐啊？其实呢，大家表情严肃地吃着饭，或许也算是一种象征性的仪式。因此家人每天早晚三次，固定时间聚集在微微阴暗的饭厅里，将饭菜依顺序排列着，就算不想吃也要沉默地嚼着饭、低着头向家中蠢动着的鬼魂们祈祷。

不吃饭就会死！这样的话听起来只是个讨人厌的威胁。这样的迷信（到现在我还是忍不住觉得这是个迷信），却老是带给我不安与恐惧。“人啊，不吃饭会死呀，所以一定要赚钱、吃饭才行。”

对我而言，没有一句话比刚刚那句更晦涩难懂，更让人感到胁迫意味的了。也就是说，我似乎对人类的谋生这件事尚未理解。

我的幸福观与这个世界人类的幸福观在吃的方面不同，而因此产生的不安的感觉，甚至令我夜夜辗转难眠、低语呻吟或因此发狂。

到底什么才是幸福呢？其实我从小，就不时被别人说成是一个幸福的人，但是我却老觉得自己身在地狱，反而觉得那些认为我幸福的人与我相比更安逸幸福。

我甚至还觉得自己背负了十个灾祸，而旁人哪怕只背负其中一个，都足以因此丧命。

总之，我不懂。对于旁人痛苦的性质与程度，我完全没有头绪。实际的痛苦、只是单单吃了饭即能解决的痛苦，或许这才是最强烈的痛楚，甚至超过身陷连自己的十个灾祸都化为乌有的凄惨的阿鼻地狱的痛苦[①]。

会不会是这么回事，我也不知道。然而，尽管能够不自杀、不发狂、正常地谈论政党，不绝望、不屈辱地继续与生活抗衡着，难道这样就不会痛苦了吗？难道这样就会完全拥有自我，而且理所当然深信，完全不曾怀疑过自己？

若真能如此，就轻松多了。但所谓的人，如此真的就算满分了吗？我不知道……在夜里深深地熟睡，早晨就会觉得很爽快？做了什么样的梦呢？在路上走着时，脑海里想的又是什么呢？是钱吗？不会吧，不只有这样而已吧？虽然我曾听过“民以食为天”，但却不曾耳闻“为金钱而活”这样的话语，不！可是依不同情况的话……不，这我也不懂……越是努力去思索，就越搞不懂，自己好像变了个人似的，完全被不安与恐惧所侵袭。我几乎无法和旁人聊天。因为该说些什么才好呢？我不知道！

此时，我想到的是讨好他人。

这是我对人最后的求爱。我，极度恐惧着人的同时，却怎么也无法对人死心。于是，我要讨人欢心，才能与人类保持着一丝的牵连。表面上虽然不断地绽放笑容，内心却紧张万分，这真是成功率渺茫，让人冷汗直流的努力，简直千钧一发。

从孩提时代开始，我的家人有多痛苦？脑子里想着什么事而活？这些我一点概念也没有，只是恐惧着，无法忍受这种不舒坦，让自己成为

---

① 会以烈火不断燃烧着死者肉躯，永无安息之日，逐次步入极度痛苦阶段的地狱，又称为“无间地狱”。

一个讨人欢心的高手。换句话说，不知从何时起，我就成了一个不会说半句真话的孩子。

若是看到当时我和家人合照的照片，大家都是认真的表情，只有我怪异地歪着脸笑着。这也是我年幼可悲的一种讨好别人的方式。

此外，我从未因为被双亲叨念而顶过嘴。即使小小的责备，都会让我如晴天霹雳般感觉强烈，几近发狂。别说是顶嘴，那种责备才正是所谓千古不变的人类真理啊！

由于我无力实施真理，可能也无法与人同住？我还是会陷入这样的思绪里。因此，我无法争论，也无法为自己辩解。若是被别人恶言相向，不管如何都会认为是自己的错，默默地承受着攻击，内心深处则感到一种狂乱的恐怖。

被他人责难、怒斥时，或许不会有人还抱着好心情。但我却在他人怒不可遏的脸上，看到了比狮子、鳄鱼、蛟龙还可怕的动物性。平时，都是隐藏着本性，但就像牛儿沉静地睡卧在草原上，尾巴却会在突然间"啪啪"地甩动，打死停在肚子上的牛蝇一样，一有机会，人们可怕的本体便会在不经意间透过暴怒而显露出来，看到这副模样的我，老是会感到一阵令人寒毛直竖的战栗。这样的本性或许也是人们得以生存下去的资格之一吧！心念及此，我几乎感受到一阵绝望感。

面对人，我总是恐惧地颤抖。

身为人类的我，对自己的言行举止也会毫无自信，然后会将懊恼偷偷收藏在胸口小小的空盒里，将那份忧郁、神经质一个劲儿地隐藏起来，努力地伪装出天真无邪的乐观，因此逐渐成为一个讨好他人的怪胎。

什么都好，任人取笑也好，这样一来，人们就不会在意我置身在他们所谓的“生活”之外了吧。总之，不能碍着他们那些人的眼，我并不存在，是一阵虚渺的风，我越来越强烈地这样认为。

我透过滑稽逗趣的举动逗家人发笑，甚至那些比家人更让我感到莫名恐惧的男女佣人，都是我努力讨好的对象。

我曾于夏天里，在夏季单件和服内穿着红色毛衣在走廊上走动，引来家人一阵笑声。甚至连鲜少露出笑容的大哥看了都忍不住，以万般爱怜的口吻劝道：

“喂！阿叶！这样不合适啊！”

什么嘛，再怎么说，我也不是那种在大热天穿着毛衣走来走去还浑然不觉冷热的怪人。只不过是将姐姐的绑腿戴在手臂上，从和服的袖口露出来一部分，乍看之下很像穿着毛衣的样子。

我的父亲在东京事业很忙，因此在上野的樱木町有栋别院，每个月有大半的时间他都是在东京别院里度过。父亲回来的时候就会为家人甚至亲戚们带回许多土产，我看，这倒像是父亲的兴趣。有一次父亲在要回东京的前一晚，将孩子们集合在客厅，一个个微笑问着，下次回来时要带些什么土产好呢？然后将孩子们的回答一一写在笔记本。父亲会与孩子这么亲近，真是一件难得的事。

“叶藏，你呢？”被问及之时，我竟欲言又止了。

一旦被问到想要些什么东西，顿时变得什么都不想要了。什么都好，反正也没什么东西可以让自己感到开怀，这样的想法在心中闪动着。同时，别人给予我的东西就算再怎么样也不合意，又无法拒绝得了。对讨厌的事说不出讨厌，对喜欢的事也像偷偷摸摸似的，感觉极不愉快，整个人闷在一种说不出的恐惧中。

总之，自己连二选一的能力都没有。我想这或许也是到后来，终于酿成自己所谓的“过得羞耻的生活”重大原因之一的性格。

看到我默不作声、扭扭捏捏的样子，父亲有点不高兴地说道：

“还是书吗？浅草的商店街里有卖新年舞狮的狮子，大小适中，可以让孩子戴着玩，你想不想要呢？”

想不想要呢？听到这句话就知道已经没有转圜的余地了，连可笑的回答也说不出来。当个逗人欢心的丑角，我是完完全全不及格。

“书呢？好不好？”大哥认真地道。

“是吗？”父亲露出扫兴的表情，连笔记本也不记，“啪”地一声合上笔记本。

真是失败，我惹父亲生气了，父亲的报复，肯定很可怕吧！现在怎么样也挽救不了，那夜，我躲在棉被里打着哆嗦想着。于是，我偷偷起身走到客厅，打开父亲先前收笔记本的书桌抽屉，拿出笔记本哗啦哗啦地翻动着，找到登记着礼物的地方，轻舔笔记本里的铅笔，写上“舞狮子”后，再回房睡觉。

我一点也不想要舞狮的狮子，反而书还好一点。可是我察觉到父亲想要买给我的是狮子，一味地想要迎合父亲的意思以抚平父亲的坏心情，于是我竟然敢在大半夜里潜入客厅做这样的冒险，真是件怪事。然而，我的这个非常手段，果然如预期带来大成功。不久，父亲从东京回来，在孩子房间里的我听到他对母亲大声地说着：

“我在商店街的玩具店里打开笔记本一看，瞧，这边！写了个舞狮子，这可不是我的字啊！哎呀，我正纳闷，于是就想到了，这是叶藏的恶作剧啊！那家伙我问他的时候傻笑着默不作声，后来还是按捺不住想要狮子呢！还真是个怪男孩！假装没事地好好写在本子上。若真的那么想要的话，直说就好了嘛！我啊，还在玩具店里‘扑哧’地笑了出来！快把叶藏叫来吧！”

另外，我还会把男女仆召集到西洋式房间，请一位男仆胡乱地敲打着钢琴的琴键（虽然是乡下，但在这个家里，该有的还是一样也没缺），自己则配合着荒腔走板的曲子，跳印度舞给大家看，逗得大伙哈哈大笑。二哥还会打开闪光灯拍下我的印度舞姿，结果看到洗出来的照片，我的腰布（那是薄纱制的包袱巾）缝接处还能看见小鸡鸡，这再度引来全家人哄堂大笑。对我来说，这或许又是意外的成功吧！

我每个月都会有十本以上最新的少年杂志可看，另外还有其他各式的书本会从东京寄来，因此对乱糟糟博士，还有无所不知博士等人物，我一点也不陌生。另外对于怪谈、说故事、单口相声、江户幽默短文等等都相当熟悉，所以再滑稽的故事，我都会以认真的表情娓娓道来，惹得家人笑声连连，家中不乏如此的景象。

不过，哎，学校啊！

我在那里开始受人尊敬。“受人尊敬”这个观念也让我十分害怕。几乎完全欺骗了周遭的人，因此如果有一天被一个聪明绝顶的人看透、把真相扒个精光，自己就会遭遇到连死也难以抹灭的奇耻大辱，这是我对“受人尊敬”这项状态的自我定义。欺骗世人，就算自己深受尊敬，也会有人知道事情真相的。尔后，人们也会受到那个人的教导，发觉自己受骗之时，人们在那一瞬间的狂怒与报复，究竟会是什么模样呢？光想象就觉得毛骨悚然。

比起出生于富贵之家，“成绩好”这件事，让我在学校更能博得尊敬。我从幼年时期便虚弱多病，常常一两个月，甚至还有将近一学期卧病在床没去上学的纪录。但尽管如此，我拖着大病初愈的身体坐上人力车到学校应试期末考时，却考得比班上任何同学都好。就算身体状况好，我也不会爽快地读书，在学校也是上课时画漫画，然后在休息时间说笑话给班上同学听，让他们咯咯地笑。另外，写作文时，我都净写些滑稽可笑的故事，就算老师注意到了，我依旧不会停止。

有一天，我一如往常以极端悲惨的笔触，将自己坐火车随母亲到东京时，不小心小解在车厢通道的痰盂的故事写出。（当时，我并不是不知道那是个痰盂。我是特意彰显出小孩的天真无邪才这么做。）因为很有自信地觉得一定会引来老师的大笑，我偷偷地跟在要回教职员办公室的老师身后一探究竟，老师走出教室门，就很快地从众人作文中抽出我的文章，边看边走过长廊，嗤嗤窃笑着，不久进入办公室后不知是否因为看完的关系，老师满脸通红地放声大笑，还很难得地拿给其他老师们看。对此举，我感到相当满足。

活宝！

我，成功地被认为是所谓的活宝。我成功地从受人尊敬中逃脱出来。虽然我的联络簿上全部学科都是满分十分，只有操行这一项，不是七分就是六分，这往往也是引来家中一阵哄堂大笑的来源。

话说我的本性会如此搞笑，大概都是经年累月的结果。当时，我已从男仆女侍身上学到并体验到何为悲哀了。

对年幼者而言，做出这样的行为是人所能犯下的罪行中最丑陋、最下等、最残酷的，我至今仍这么认为。但，我忍了下来。甚至还觉得自己看到了另一项人类特质，进而露出无力的笑容。倘若我养成了说实话的习惯，或许还能毫不胆怯地将他们的罪行全部告诉父母亲，但我连父母亲都无法完全理解了。告诉他人，我对于这种手段无任何期待。不论是告诉父亲、告诉母亲、告诉周遭人，或是告诉政府，结果听到的还不都是世上优势分子好言好语的表面话罢了。

我知道不公平肯定存在着。我只有一种感觉，就是怎么样都不能告诉人们，自己还是别说出半句真相，要忍住，要继续取悦他人。

什么，你说你不相信人们？有没有搞错？你什么时候成了基督教徒了？或许有人会这么嘲弄着，但我认为，对人产生不信任，未必要透过宗教之途才办得到。人啊！包括那些嘲笑的人，还不都是在相互不信任里，脑袋里连一丝耶和华的念头都没有，无动于衷地活着嘛！

当年，我年岁尚幼之时，一位和父亲所属同一政党的名人到镇上演讲，家中男仆们带我一起去听。全场爆满，还看得到镇上与父亲交情特好的几个人，奋力鼓着掌。演说完后，听众们三五成群聚集，一起走在积雪的归途上，嘴里说着今晚演讲的坏话。其中还夹杂着与父亲特别要好的友人声音。父亲的开场白有多糟、那名人演说内容到底是什么、听都听不懂，那些父亲口中的“知己们”用充满怒气的口吻说着。然后这些人路过我家进到客厅拜访时，又摆出一副衷心欢喜的表情，告诉父亲今晚的演讲真是成功极了。连男仆们被母亲问到今晚的演讲如何时，也都若无其事地直说有趣。明明他们在回途中，还相互感叹着再也没有比今晚的演说更无聊的事了。

虽然，这不过是其中一个稀松平常的例子。相互欺瞒且无论哪一方都不可思议地完好无伤，甚至彼此连相互欺骗一事都没发现一般，鲜活、光明磊落、开朗痛快地互不信任。这种案例，我想是处处存在于人们的生活当中。但我个人对这种相互欺瞒的事并没有多大的兴趣。我倒是借由取悦他人一事，从早到晚欺骗着人们。我不太关心伦理课本里所谓的正义或其他道德观。对我来说，那些相互欺瞒之余却能光明磊落地、快活地活着，或者说是看起来拥有自信能够活下去的人着实难以理解。

人，是不会自我教授妙谛真言的。若连这一点都懂，我根本就用不着如此恐惧、拼命讨好人们了。也用不着与人们的生活对立，夜夜尝着地狱般的痛苦。

总之，我没有把下人们让人憎厌的罪行告诉任何人，这不是出自对人们的不信任，当然也不是为了基督教教义，而是源自人们对于叫作叶藏的我，所牢牢关闭着信赖的外壳吧！甚至父母亲都不时会让我看到一些我所难以理解的事。

我发现，这一份无法诉诸他人的自我孤寂气息，被许多女性本能地嗅出，这也是我在往后常常被趁虚而入的诱因之一。

总之，对女性而言，我，是一个可以暗恋的男性。

第二手札

海滨近海岸边上并列着二十多株树皮漆黑、枝干粗壮的山樱，新学年一开始，山樱便与紧黏着褐色身躯的嫩叶，在蔚蓝大海的映衬下，开出绚烂的花朵。不久后，到了落英缤纷的时节，飘落的花瓣便会大量散落到大海，漂浮在海面上，乘着波浪，再度回到海滨岸上。

甚少用功准备应考的我，不知不觉地竟顺利进入这所有樱花海滨的东北某中学。所以在我的中学制服的帽子徽章与制服纽扣上，便都有樱花的图样。

由于家中有一位远房亲戚就住在这所中学附近，因此，父亲为我选择了这所有海水和樱花的中学。我寄住在此，离学校很近，所以都是在听到早晨礼钟鸣响后才跑步到学校，我是个相当懒惰的中学生，但尽管如此，借着耍宝、搞笑，倒也越来越获得身边同学们的喜爱。

虽然这是我自出生以来首度离乡背井，但我却认为比起待在故乡，异乡是个更轻松自在的地方。其中的缘由，或许也能解释成我搞笑的功夫已逐渐炉火纯青，不再需要像以前那样下工夫欺骗他人的缘故。

但换个角度，不论是对什么样的天才，哪怕是贵为上帝之子的耶稣而言，在双亲与外人面前，故乡与异乡之间，都会有无法避免的演技难易度差别吧？对戏子而言，最难演的场所大概是故乡的剧场吧，而且当所有的远亲近邻通通聚在一起坐在房间里，就算再怎么有名的演员，其演技也无法发挥得淋漓尽致吧！

但我却一路演来相当成功。我这样的表演高手，就算离开家乡，连万分之一出错的可能性都不会有的。

我对人们的恐惧，在心底与日俱增蠢蠢欲动着，但在现实里，演技却日渐成长，在教室里我总是让同学们笑得合不拢嘴，连老师也感叹着“这个班级要是没有大庭叶藏这号人物，应该是个好班级了”，但双手却兀自捂嘴。甚至声洪如雷的教官，我都能轻轻松松地让他忍不住笑。

我不是已经把自己的真面目隐藏好了嘛！正当要松一口气的时候，却出乎意外地被人从背后捅了一刀。

那不外是个会在背后扯人后腿的男孩子，在班上身材最瘦小，脸色苍白，穿的似乎是他兄长留下来的旧衣服，两个袖子像圣德太子的水袖一样长过头，他连普通的课业都跟不上，军训或体操课也老是站在一旁看而已，像个白痴似的学生。连我也大意地认为没有必要对这样的同学加以提防、警戒。

某一天，体操课之时，这位学生（我现在已经记不得他的姓氏，只记得他的名字是竹一），这位竹一同学如同往常在旁边站着看，我们其他人则被老师要求做单杠练习。当时的我，尽可能摆出严肃的表情，双眼盯着单杠，大叫一声跳起来，然后就这样像跳远似的往前方飞去，“扑通”跌坐在沙地里。完美无缺，如同我所算计的。这结果惹来全体同学一阵哄堂大笑，当我也苦笑着从地上爬起拍掉裤子上的泥沙时，竹一同学不知何时已来到我的身后，低声地嗫嚅道：

“故意的啊，故意的！”

我很震惊。故意失败跌倒这件事，别人看穿也就算了，我完全没想到会被竹一看穿。

我仿佛看到眼前的世界一瞬间被地狱般的业障之火笼罩猛烈燃烧起来，要使尽全身力量才能压抑住想要放声大叫、快要发狂的心情。

此后，日复一日，我都处在不安与恐惧中。

表面上我仍然悲哀地表演着搞笑、引众人发笑，但转瞬间却又会在不经意中长吁短叹，不论做什么都会被竹一识破，他肯定会对每个人张扬，只要我想到这一点，额头就会冒出阵阵冷汗，像疯子一般怪异，眼神不时四处张望着。如果可以的话，我真想早、午、晚，一整天不离竹一，时时刻刻地监视他有没有把我的秘密走漏出去。在他身边时，我想要努力不让自己的搞笑带有所谓的做作，让他认定这是实实在在的，若有机会，还想和他结为独一无二的至交。我甚至还想到，若一切都不可行的话，那就只有祈祷他快快死掉，但，我却没有对他燃起任何一丝丝的杀意。

活到现在，虽然曾几度有想要被别人杀害的念头，但自己动手杀人一事，我却想都没想过。因为对于那些我所恐惧的对象，我脑中反而只会希望让他们拥有幸福。

一开始，为了要笼络竹一，我常常会在脸上摆出如基督徒般亲切的虚伪笑容，脑袋呈三十度微微向左倾，轻轻地抱住他窄小的肩膀，用安抚猫儿般娇滴滴的声音，请他到我寄住的家中游玩，但他却老是流露出茫然的眼神，沉默不语。

可是，有一天放学后，那时大概是初夏时节吧！突如其来下起一阵雷阵雨，当同学们还在烦恼着该怎么回家时，我却因为家住得近而毫不慌乱地准备冒雨飞奔回家。突然，我看到竹一孤零零站在木屐鞋柜的阴影下。

“走吧！我回家会借把伞给你！”我嘴里说着，一手拉起畏缩的竹一同学，一起在滂沱大雨中奔跑起来。回到家，我请阿姨将我们两人的上衣弄干，然后邀请竹一同学到我二楼的房间来。

这一次，我成功了。

这个家有五十多岁的阿姨；三十多岁、戴着眼镜、身材高大却病恹恹的大姐姐（大姐姐本来嫁了，但后来又回到娘家，于是我跟着这家的人一起唤她作大姐姐）；还有一位最近高中刚毕业，与大姐不同，身材矮小、脸蛋圆圆、叫作阿节的妹妹，一共三个人。店里虽然摆着一些文房四宝、运动器材零卖，可是主要收入却是来自逝世的男主人所建造并遗留下来的五六栋长屋的房租。

“耳朵痛。”竹一同学站着道。

“淋了雨，耳朵都会痛的嘛！”我仔细一瞧，他两边的耳朵都流了脓。脓水不断涌出耳朵外。

“这可糟了，很痛吧？”我夸张地表现出惊讶的模样，“真对不起，我不该强拉着你淋雨的。”

我操着女人说话的腔调亲切地道歉，然后到楼下拿棉花与酒精来，让竹一同学枕着我的膝盖上躺下，小心翼翼地帮他清理耳朵。竹一自己，好像也很难得地没发现我伪善的毒计：“你啊，一定会迷死那些女生的。”他躺在我的膝盖上，无知地说着一些恭维的话。

然而，一直到后来我才发觉，这恐怕是竹一同学下意识的、可怕的恶魔预言。迷恋、被迷恋，这种话相当下流、不正经，总有种得意扬扬的感觉。就算再怎么严肃的场合，只要有任何一句这样的话语溢于言表，感觉便像是眼看着深幽的尊贵屏障自此崩坏，徒留不知好歹般的心情。但，若没有使用“被迷恋的痛苦”这样的俗话，而是以“被爱的不安”这种文学语词，就未必会摧毁得了那深幽的尊贵屏障，这真是件奇妙的事。

竹一同学让我照顾着他那流脓的耳朵，嘴里则说着“你会是个万人迷”之类愚蠢的恭维。当时的我，也只是红着脸笑着，什么也答不出来，但事实上，心中隐隐有一部分认同了他的说法吧！不过，若是下笔写到自己对于“迷死那些女生”这句粗话所衍生出来扬扬得意的气氛也有着赞同的意味，这则几乎连单口相声中年轻丈夫的台词都称不上，而是表现出愚蠢的感动，我如此不正经、得意扬扬的心情，万万不是因为“有一部分认同了他的说法”的关系。

对我来说，女人比男人还难以理解好几倍。我的家族中，女性比男性多，亲戚中也有许多女孩子，还有先前所说的“有罪”女侍等等，从我小时候开始，虽不至于说完全和女孩子玩在一起，但实际上的确是以如履薄冰的心情，一路与她们相处过来。有时候几乎完全摸不着头绪，宛若身陷五里雾中。甚至如同一不小心踩到老虎尾巴，反被咬一口。而这伤口近似受到男性的鞭打，如内出血般极度不快地直攻心口，难以痊愈。

女人，你走到她面前她对你会不理不睬，在他人面前又轻视你、羞辱你，但四下无人时，又会紧紧抱住你。还有，女人会像死去般深深地沉睡，难道女人是为了睡眠而活着的嘛！这些我对女性的种种观察，都是自小就开始获取。但同样身为人类，女人与男人感觉起来倒像两个完全相异的生物，而且女人这个无法理解、不可轻忽的生物，奇妙地照顾着我。不论是“被迷恋”这个字眼，或是“被喜欢”这个字眼，对我来说一点也不合适，倒不如说成是“被照顾”，可能还比较能够说明实际状况。

女人比男人更吃搞笑这一套。每次我说笑时，男人并不是每次都笑得人仰马翻。而且对于男人，我也深知若太过得意，表演过了头反而会惨遭失败，因此我一定会注意适可而止。但女人就不知道何谓适度，老是不断要求我再多表演一点，而我则配合着一次又一次满足她们的要求，直到汗流浃背。其实，她们常常在笑。到底，女人还是比男人更能享受多余的快乐。

在这个家，从中学时代便照顾着我的姐姐或妹妹，无论是谁，只要一有空，就会来到我二楼的房间，每次我都会被吓一跳，心里只感到害怕。

“在念书吗？”

“没有。”我微笑着合上书本。

“今天在学校啊，来了个叫混大少的地理老师。”我一开口便能随心所欲地编造出笑话。

“阿叶，戴这眼镜看看。”

一天晚上，妹妹阿节与大姐一同到我的房间玩，让我表演了许多爆笑的事后，她们说道。

“为什么？”

“别管这么多，就戴上嘛！大姐，眼镜借一下。”妹妹老是用这样火爆的命令口吻说话。我这个小丑，只好乖乖地把眼镜戴上。突然间，两个女人爆出一串笑声。

“好像呢！好像劳埃德。”

当时有一位名叫哈罗德·劳埃德[①]的外国喜剧演员，在日本相当受欢迎。

“各位，”我站起来举起一只手，“这次，我要为所有日本的影迷朋友们……”

我试着打着招呼，更让她们捧腹大笑。之后，只要镇上电影院播出劳埃德的电影，我都会去看，并且偷偷地研究他的表情。

---

① Harold Lloyd（1893–1971），美国著名哑剧喜剧演员。

另外，某个秋夜，我躺着看书时，大姐像只鸟儿般迅速飞奔到我房间，倏地倒在我的棉被旁哭泣。

“阿叶，救救我，你办得到对吧？还是一起离开这个家好了！救我，救救我！”

她态度激动，复又哭了起来。但就我而言，在女人身上发现她们会这样并不是第一次了，因此对于大姐过度激动的话语也不觉惊讶，反而对其中的陈腐乏味感到有趣。我迅速地从被窝里爬出来，削起桌上的柿子，切了一片给大姐。大姐哽咽地吃着柿子道：

“有没有什么有趣的书？借我吧！”

我从书架中挑了一本夏目漱石的《我是猫》给她。

“多谢了。”

大姐羞赧地笑笑走出房门。但不只是大姐，女人啊，究竟是抱着什么样的心态活着呢？对我来说，思索这件事，感觉会比搜寻过去的回忆还要来得复杂、麻烦以及心情恶劣。不过，当我碰到女孩子这样突然掩面哭泣地跑出去时，自孩提以来的经验看来，我知道只要拿了些甜的东西给她，她吃了之后心情自然就会开朗了。

还有，妹妹阿节还会带朋友们到我房间，我也是一如往常公平以对，让她们笑得心花怒放，等到朋友回去了，阿节就会说起那些朋友们的坏话。那人是不良少女，小心点啊！她老是对我说着这种话。如此一来，虽然不特地带人来比较清静些，但托她的福，光临我房间的客人也变得几乎都是女孩子了。

但是，这还是称不上实现了竹一同学客套话中的“被迷恋”。

总之，我不过是个日本东北的劳埃德罢了。竹一同学无知的客套话会成为不祥的预言，活生生地扭转呈现出不吉利的面貌，这都是过了数年后的事。

竹一同学送给我一个重要的礼物。

“这是妖怪的画！”

有一次竹一同学到我二楼的房间玩，手上拿了一幅彩色版的卷头画，得意地展示给我看，对我这么说道。

咦？我这么想着。在那一瞬间，我的终点似乎被决定了，事后我才思及如此。

我是知道的。我知道那不过是一张普通的梵·高自画像。在我们少年时代，日本十分流行所谓的法国印象派画作，西画鉴定的第一步大概都是从这部分下手，因此像是梵·高、高更、塞尚、雷诺阿等人的画，就算是乡下的中学生，大概都能看图片辨认出来。像我自己也看了许多梵·高的彩色版作品，下笔之有趣、色彩之鲜艳，每幅都让我觉得充满趣味，但是，妖怪的画，这倒是我从未想过的事。

“那，这些如何呢？难不成也是妖怪吗？”

我从书架里拿出莫迪利亚尼[①]的画册，让竹一同学看一幅肌肤晒得赤铜的裸女画。

---

① Amedeo Modigliani（1884–1920），生于意大利颇负名望的犹太裔中产阶级，后赴法国开始艺术生涯，为著名画家、雕塑家。巴黎立体主义画派代表人物。描绘人物的性格特征，多为脖子细长， 面容憔悴。代表作有《阿丽丝肖像》、《新郎和新娘》、《带项链的洛罗特》等。

“了不起！”竹一同学圆睁着双眼感叹着。

“好像地狱的马。”

“果然是妖怪吗？”

“我也想画这种妖怪的画。”

惧怕人类的人反而会更希望能目睹恐怖的妖怪，神经质、纤细敏感的人则会祈求着比暴风雨更强大的力量。

啊！这些画家们，在称为人类的妖怪的伤害威胁下，转而相信幻影，在自然的白昼中，妖怪历历在目，而且他们用揶揄的姿态蒙蔽了这一点，努力地表现出旁人眼中的模样。正如竹一所言，毅然画出“妖怪的画”，这其中隐含着自己未来的伙伴啊！我兴奋得眼泪都快流了下来。

“我也要画！我也要画妖怪的画，画地狱的马！”不知何故，我压抑着激动的声音，这么对竹一说着。

从小学开始，不论是画画或看画我都很喜欢。但自己所画的画却不像我写的文章那样颇受好评。因为压根不相信人们的词汇话语，作文这种东西对我来说，只不过是娱乐大伙用的招呼语一样，是从小学、中学一路走来，逗老师们开心而已。

但对我来说，只有画画（漫画又另当别论）才能正经八百地以年幼的自我风格，在对象的表现上灌注苦心。

学校画画的临摹模板不但无聊，老师的画又拙劣，所以我才不得不胡乱地亲自尝试各式各样的表现方法。

进入中学后，我拥有全套的油画工具，但就算再怎么追求印象派的画风，我所画的画，也全都像千代纸折出来的纸娃娃一般平板，一点也不像样。然而，借由竹一的言语，我发现，一直以来自己对绘画的心理准备可说是完全弄错了。

将认为美的事物，原封不动、绝美地努力表现出来，这是天真，也是愚蠢。名人巨匠们，将不起眼的小东西，经由主观意识美丽地创造出来，又或是碰上丑得让人作呕的，也不隐藏自身的兴趣，浸淫在表现的喜悦中，总归一句话，他们不会受旁人思想的左右，我从竹一同学的身上学到了这一点。我开始瞒着平常来访的女客人们，一点一点地开始制作自画像。

我也会画出灰暗到让人吓一大跳的画作，但这才是隐藏在胸口下的真正自我。

表面上生气蓬勃地笑着，要不就让人笑着。实际上，我拥有这么一颗阴暗的心，也是没办法的，我心中隐隐如此肯定着。但这幅画，除了竹一以外，我不会让任何人看。我讨厌他人看穿自己搞笑背后的阴暗而突然对自己保持警戒。另外我还担心着，或许别人根本没发现这才是真正的我，还以为是什么新的搞笑内容而哈哈大笑，这比什么都来得痛苦难堪，因此这幅画总是迅速地被收进抽屉的最深处。

还有，在学校的美术课时间，我也隐瞒着“妖怪式的手法”，以美丽平庸的笔触一如往常地画着唯美的事物。

我只有在竹一面前，才能毫不在意地表现出自己脆弱的神经，因此最新的自画像也只放心给竹一看，我被大大夸赞了一番，于是复又继续画了两三张妖怪的画，我再度得到了竹一的另一个预言。

“你啊，会画出伟大的画作。”

被迷恋的预言、画出伟大之作的预言，借着愚蠢的竹一同学之口，这两个预言深深地刻印在我身上。不久，我来到了东京。

虽然我想进入美术学校，但父亲却打算让我进入高中，最后当个官员。他曾对我说过这样的话，而一个借口也说不出的我，只能茫然地听从。四年级时就去考考看吧！他这么告诉我，加上我已经厌倦了那个樱花与海洋的学校，没到升上五年级，四年级一念完后，我就考上东京的高中，很快开始我的外宿生活了。但因受不了学校那边的脏乱与粗暴，我严肃地请医生帮我写了一份肺病诊断书，得以从宿舍搬出来，移住到父亲位于上野樱木町的别院。

对于团体生活这档事，我怎么也办不到。而且，青春的感动、年轻人的骄傲等等词汇，在我耳里都会激起阵阵寒意，对于这种高校精神，我是完全没辙。我甚至还觉得教室或宿舍看起来就像被扭曲的性欲般的垃圾堆，自己几近完美的搞笑功夫，在那里完全派不上用场。

父亲没有开会的时候，一个月大概只有一周到两周会住在这个家里，因此，父亲不在的时候，这座相当宽广的家园里，只有一对老佣人夫妇和我三人。我常常请假不去上学，也没心情去看东京的名胜（我好像连明治神宫、楠正成的铜像、泉岳寺的四十七士墓都没去看就结束了东京生活），在家里可以待上一整天，有时读读书，有时画些画。父亲若是来到东京，我就会每天早上假装急急忙忙地去上学，但却是绕到本乡千唇木町的西画家安田新太郎的画塾，花上三四个小时练习素描。自从脱离了高中的学生宿舍后，就算去学校上课，我也老觉得自己像个特别的旁听生一样，或许是自己的偏见吧，但是我越来越懒得假装什么都不知道似的上学去。对我而言，小学、中学、高中一路走来，我无法理解何谓荣誉心地过完学生生活，甚至一次也没记起过学校校歌。

不久之后，我从画塾里的某个学生身上，知道了烟、酒、妓女、当铺以及左翼思想。虽然组合不伦不类，但事实就是如此。

那名学生名叫堀木正雄，出生于东京下町，长我六岁，听说毕业于私立美术学校，由于家中没有画室，所以来到画塾继续学西画。

“借我五元好吗？”

我们只是互打过照面，至今一句话都没说过。我连忙掏出五块钱。

“太好了，我们去喝一杯吧！我请你！怎么样？”

我婉拒不了，硬被他带到画塾附近位于蓬莱町的小酒馆，这就是我和堀木认识的开始。

“之前我看过你，呐！你那腼腆的微笑正是一个有前途的艺术家才会有的特殊表情啊！为我俩的相识干一杯吧！阿绢，这家伙是个美男子对吧？你可别被他迷倒了，都是因为这家伙的关系，我只能遗憾地当第二美男子了。”

堀木肤色微黑、长相端正，在学画者中难得一见地穿着整齐的西装，领带的花色也属朴素，头发则抹上发蜡，中分发型分毫不乱。

我在不熟悉的地方老会两手害怕地一会儿交叠在胸前，一会儿又放下，脸上堆满了羞涩的微笑，但两三杯黄汤下肚后，我奇妙地感觉到一种被解放的轻松。

“我本来一直想要去读美术学校……”

“别去，很无聊。那种地方啊，无趣得很。学校嘛，真是枯燥无趣。我们的老师就在大自然当中！要对自然怀抱着热情啊！”

然而，我对他所说的话却感觉不到任何敬意。这个傻瓜，画起画来肯定也很糟，不过可能会是个好玩伴吧！我这么想着。总之，生平头一遭，我见识到了真正的都市废物。就算他和我有着不同的形体，但从完全迷失了方向、游离于人世生活之外这点来看，我们两人还真是同类吧！他在毫无意识的情况下取悦他人，而完全未曾发现搞笑的悲惨，这是与我的本质相异的一点。

只要玩在一起就好了，就当成酒肉朋友一样往来。我心里带着如此想法轻视他，甚至还耻于与他交朋友呢！但在与他同行中，到头来却是我被他击溃了。

在刚开始时，我可是一股脑儿觉得这名男子是好人，是个难得一见的好人，连害怕人类的自己都完全撤下心防，心想着难得结识到一位熟知东京的朋友。老实说，若是我独自搭电车，便觉得乘务员好可怕。就算到歌舞伎町剧场，正门口铺着的绯红绒布地毯，楼梯两侧正在招呼的小姐们也让我觉得好可怕。走进餐厅里，我觉得默默站在自己身后，等着自己吃完的空盘的男服务生也好可怕。特别是连付账时，啊！自己的手势真笨拙！当买了东西要掏钱时，不是出于吝啬，而是在过多的紧张、过多的羞愧和过多的不安与恐惧下，觉得头晕目眩、世界顿时一片漆黑，感觉几近发狂，别说是讨价还价，有时还会忘记拿回零钱，甚至常常连买好的物品都忘了拿走，因此，我无法独自走在东京街头，束手无策下，只能日复一日在家虚度。

若将钱包交给堀木掌管，一同出游，堀木便会狠狠砍价，而且他还是个玩乐高手，能把微薄的金钱发挥到最大效用。另外，他会对高价物敬而远之，他会利用电车、巴士、小汽船等等，展现出以最短时间到达目的地的手法。

清早从妓院回家的途中，他会顺道走进某某日式小馆泡个晨澡，吃个汤豆腐并浅酌几杯，这样便宜归便宜，但却很享受，他实地演练地教导着我。他还告诉我路边摊的牛肉饭、烤鸡肉串等东西，虽然价格低廉，却营养丰富，还向我保证迅速消除醉意的最好方法就是倒挂着。总之，他让我对付钱这回事，再也感觉不到任何不安与害怕。

与堀木往来的好处，还有堀木他完全漠视倾听者的烦恼，一个劲儿地涌出热情（或者可以说他的热情就是无视于对方的立场），一整天不断地说着无聊的事，完全不曾有过两人走累了没话说，尴尬地陷入沉默的恐惧。我与人交谈时，总是对可怕的冷场保持警戒，生性沉默寡言的我，总是会率先拼命说笑话，不过现在这个傻子堀木，在毫无意识下自行担任了这个小丑的角色，我连回答都不用，只是耳朵听过，偶尔笑答几句就行了。

酒、烟、妓女，这是每个人都可以用来忘却对人的恐惧的好方法，就算只是一时而已，这一点我很快就意识到了。为了追求这些方式，我甚至还抱着倾家荡产也在所不惜的想法。

对我来说，妓女这种角色，既非人也非女性，看起来倒像蠢货或是疯子，在她们的怀抱里，我反而能完全地安心、沉沉地进入梦乡。因为他们根本一点欲念都没有，悲哀得很。不知道是不是出于一种同类的亲切感，那些妓女们老是对我表现出不少自然的好感。毫无算计的好感、不带压迫的好感、对于可能就此别过两不相欠的好感，我还曾在某些夜晚，在这些似蠢似狂的妓女们身上，看见圣母玛利亚的光辉呢。

不过，我是为了逃脱对人的恐惧，祈求一夜好眠而去找她们的，在与“同类”——妓女们玩乐中，不知不觉地，身边总是飘荡着某种不祥的气氛，这是我先前完全未预料到的“随赠附录”，但渐渐这个“附录”慢慢鲜明地浮上表面，被堀木指摘而出，一阵愕然与憎厌感涌上心头。就表面看来，若以俗气的说法而言，我是借着这些妓女进行我对女人的学习，而且最近有着明显的精进。

听说借着妓女学习与女人的相处是最困难，也是唯一有效的方式，而我，已经带有“女性专家”的气息，女性们则会依本能循线嗅察而来。如此卑贱猥亵、不名誉的气氛以“随赠附录”之姿降临己身，这看来比我一夜好眠更加引人注目。

堀木也曾半带恭维地说出这种话，不过连我自己也曾因此感到郁闷。例如，我不但记得曾从咖啡店的女孩手中收到稚拙的情书，还有位于樱木町住处旁的邻居将军府上那年约二十岁的女儿，每天早上到了我要上学的时间，明明没什么事，却会化着淡妆在她家大门前进进出出。去吃牛肉饭时，就算我什么都没说，那里的女侍也会……我时常光顾的香烟店，女孩递给我的香烟盒里也有……还有，去看歌舞伎时邻座的女人……在深夜电车中因酒醉而睡着时……突然接到的故乡亲戚的女儿寄来的思慕信……我不在家时不知道是谁家姑娘送来亲手特制的洋娃娃……但因我极度消极，不管是哪一位，都仅止于此，没有进一步发展，但某种会让女孩们做梦的气氛却围绕在我身体里的某一处，这不是自吹自擂吹嘘着自己的情史，而是不容否定的事实。

被堀木这种人点出这一点，我感到一种受辱般的苦涩，同时连去找妓女享受这档事，都因此变得索然无味了。

堀木出于爱慕虚荣、追求新潮的心理（我想不出堀木除了这点外，还会有其他的理由），在某天带我去参加一个共产主义读书会（好像叫R.S什么的，我已经记不太清楚了）的秘密研究会。

对于堀木这种人来说，共产主义的秘密集会，恐怕也如往常只是“东京导览”之一吧！我被介绍给所谓的“同志”，给被迫买了一本手册，然后听一位坐在上座长相丑陋的青年讲解马克思经济学。

对我而言，讲的内容都是简单明了的事。虽然说得没错，但人心应该存在着更难以理解、更可怕的东西才是。

说是欲望，并不足够，说是虚荣，也不足够，若说色欲交杂，仍不足够。连我也不知道究竟是什么，但人世间的基本，并不只有经济而已，我老觉得还有某种怪异且气氛诡谲的东西存在着，并为那诡谲的自己而心惊胆战。虽然能像水往低处流一般，对所谓的唯物论自然而然地感到肯定，但我也无法因此从对人类的恐惧中解放出来，每当睁开眼面对着嫩叶新绿时，还是感到一股希望的喜悦。

然而，我却从未缺席R.S（会名说是这么说，但也可能是我搞错也不一定），“同志”们一副如临大敌、认真严肃的表情，埋首于一加一等于二这种初级算术理论的研究，在我看来实在滑稽的不得了。我搬出以往说笑的功夫，尽力让与会者心情舒畅，连带地也舒缓了不少研究会里死板拘束的气氛，我甚至因此成了聚会里不可少的风云人物。

这些看来单纯的人们可能也同样觉得我很单纯，甚至还会认为我是个乐天派、爱开玩笑的“同志”吧！若真是如此，那我可是从头到尾都把那些人蒙在鼓里了。我，并不是他们的“同志”，但我却从不缺席，为了娱乐大家而来。

因为我喜欢，因为我在乎这些人。但这未必就是那种基于马克思而群聚一堂的亲近感。

不合法，对我来说有点好玩。说得更明白点，这让我心情大好。

世界上所谓的合法，反而都是可怕的（我老觉得有种深沉未知的强大力量），在这种机关密布、没有窗口、冰冷刺骨的房间里，会让我觉得如坐针毡，倒不如飞身跳向外头。就算是片不合法的大海，游不了多久就会死去，在我看来，却轻松许多。

有个词叫“边缘人”，意指人世间悲惨的失败者、道德败坏者。但我却觉得自己与生俱来就是个边缘人，若是真的在人群里碰上一位被认为是“边缘人”的陌生人，我一定会对他很和善。这种和善，甚至到了让自己着迷的地步。

另外，也有个词叫“罪犯意识”。身处于人世间，我虽一生受此意识所苦，但那却是个如糟糠之妻般的好伴侣，只有我们两者会一同开着孤寂的玩笑，这恐怕已然是我生活的姿态之一。

俗话说“小腿带伤，心里有鬼”，但这伤口却是我襁褓时便自然出现在一边小腿上的，不但未随时间增长而痊愈，反而越来越深，痛入骨髓，夜夜痛楚可比喻成千变万化的地狱。然而（这么说或许很奇怪）这个伤却逐渐变得比自己的血肉还要亲切，会觉得那伤口的痛楚，是表露着伤口滋长的情绪，甚至是热情的低语。

对我这种男人而言，地下运动组织的气氛，格外让我安心又舒畅。总之，比起这个运动组织的原本目的，其外表气氛还与我比较契合呢！

堀木他只是像个傻子似的嘲弄着，将我介绍到聚会而已，嘴里说着什么“马克思主义者”、“在研究生产面的同时，也有必要观察到消费情形”之类的笨拙的表面话，不接近聚会，却老想找我去做消费面的观察。如此假想，当时其实有着各种不同的马克思主义者存在。有如堀木那样，基于虚荣的追逐流行，而自称是马克思主义者的人。还有像我这样，只是倾心于不合法的气氛而加入的人。若是这些实体被真正的马克思主义信奉者看破，不论是堀木或我，马上就会被火冒三丈的人斥责，当成卑鄙的背叛者扫地出门吧！

不过，我，甚至连堀木，都没有遭到除名的处分。特别是我，在这个非法的世界里，还比待在合法的名流绅士世界中要来得悠然自得，可以“健康”地行动，身为一位有前途的“同志”，我还会被半秘密地拜托各式各样荒诞不经的事情。

事实上，对这些任务，我一次都不曾拒绝且若无其事全答应下来，也不曾有过因动作不利落而遭到狗官（同志们这样称呼警察）怀疑审问的失败经验。我笑着自娱、或是逗笑了别人，正确出色地完成他们口中的危险工作（这些组织运动的伙伴们，像要做一番大事般紧张，还笨拙地模仿侦探小说，保持高度警戒，拜托我的工作也是无聊到让人目瞪口呆的地步，尽管如此，他们还是大力地支持着这些活动）。当时，我心想就算成为党员而被逮捕、终生都要在牢狱中度过也无所谓。我甚至认为，比起恐惧着人世间的“实际生活”而每夜在无眠的地狱中呻吟，还不如在铁牢里生活比较快乐呢！

父亲在樱木町的别院来来去去，就算是同住一个屋檐下，我们也是三四天才会见上一面。对父亲的恐惧与害怕，让我尽管心里再三思索着要离开家，搬到外头住，却怎么也说不出口。而此时，我从别院帮佣的老先生那儿得知父亲打算将这栋宅第变卖的消息。

虽说是因父亲议员的任期即将届满等等理由，父亲看来也的确没有继续参选的意愿，加上在故乡已盖了个隐居之地，似乎对东京没什么留恋处，再说，不知道是不是父亲觉得，为了只是高中生的我而徒留宅第与仆役很浪费（我对父亲的心思，就像对世上其他人一样，老觉得摸不透）。

总之，这栋房子不久后就要转手他人，我则搬到位于本乡森川町一个名叫仙游馆陈旧宿舍里的阴暗房间，没多久便陷入经济拮据的窘况。

之前，父亲每个月都会给我定额的零用钱，就算两三天花光了，家中的香烟、酒、奶酪、水果总是不缺，而且书本、文具，还有衣服什么的，全都可以向附近的店家用所谓“赊账”的方式求得，就算请堀木吃荞麦面或是炸虾饭之类，若是到镇内有父亲做后台的店里，我直接拍拍屁股就走都没关系。

但是现在一下子搬到外头一个人住，就算想做些什么，都变得一定得配合每个月固定寄来的生活费量入为出才行，这让我慌了手脚。寄来的钱，仍是两三天就挥霍殆尽了。我害怕、担心到几乎发狂。

父亲、大哥、姐姐，我轮流地向他们三人不断地拍电报请他们寄钱来，并寄上报告近况的书信（信里所写的全是虚构的爆笑内容，我当时觉得要拜托他人前得先讨对方欢心才是上策），另一方面经由堀木的调教，我开始一个劲地上当铺，尽管如此，还是老觉得手头紧。

终究，我无法在没有任何亲友帮助下独自在宿舍过活。当我独自一人待在房中时，便有种要被谁袭击了的恐惧感。出门上街时，不是帮忙例行的组织运动，就是跑去和堀木一起畅饮廉价酒，我几乎没去上学，连学画这档事都放弃了。

进入高中后第二年的十一月，我和年岁比我大的有夫之妇一起殉情，这件事使得我的人生从此有了极大转变。

即使逃课，连书都没念，但奇怪的是我对考试作答一事却颇得要领，因此就算再怎么荒唐，也都还瞒得住故乡的双亲。不过，纸终究包不住火，听说学校秘密地向故乡的父亲报告我旷课日数过多一事，于是大哥代表父亲寄给我一份措辞严厉的长信。然而，比起这一点，最直接让我感到痛苦的，却是金钱上的匮乏，以及例行的组织安排给我的工作已变得激烈，忙碌到我无法再以半玩票的心情看待。不知算是中央地区还是某某地区，总之，我已成为本乡、小石川、下谷、神田附近所有学校的马克思学生行动队队长。我听说发生了武装暴动，于是买了一把小刀（现在想起，那小刀连用来削铅笔都不行，中看不中用），并把它放进雨衣的口袋里，四处奔走，进行所谓的“联络”。

我好想喝一杯，让自己有一夜好眠，但身上没有半毛钱。而且从P那里（我依稀记得是用这个密语当作党的代称，但可能有误也不一定）获得的工作量逐渐多到连喘口气的余裕都没有。我孱弱的身子也越来越无法胜任了。从一开始，我只是单凭对非法的憧憬而帮忙组织事务，而半开玩笑地成为他们的手下之一，就这样顿时忙碌了起来，让我忍不住对那些P的人隐隐感到厌恶，你们找错人了吧！怎么不交给你们自己手下去做呢？因此我逃了出来。

逃出来，但心情却没有好转，反而走上绝路。

当时，有三位女孩对我很有好感。

一位是住在我外宿的仙游馆。这女孩总会在我忙完组织活动，疲惫地回到房间，连饭都没吃地倒在床上后，拿着信纸和钢笔到我房门口，说道：

“抱歉，我家楼下的弟妹们太吵了，害我连在家好好地写上一封信都不行。”

她怎么样都有办法在我的桌上写上一个小时以上。

我明明可以佯装什么都不知地睡着，但那女孩老是一副要我开口的模样，于是我发挥了以往那种被动奉献的精神，即使一句话也不想说，还是拖着精疲力竭的身躯，“吁”了一声转身趴在床上，抽着香烟道：

“听说有男生会把女生寄来的情书拿来烧洗澡水啊！”

“哎呀，真讨厌，不会是你吧？”

“我是用来热牛奶的。”

“很光荣嘛，用喝的。”

这人怎么不快点回去啊，信的内容明明都让人看透了，写的不过是些芝麻绿豆的小事罢了。

“让我看吧！”

我在完全不想看的心情下还说出这种话。

“哎呀！不要啦！人家不来了啦！”女孩道。

原本值得高兴的一件事顿时变得丑陋丢人而兴致全失。

于是此时，我觉得该编派些差事给她。

“很抱歉，能不能请你到铁路旁的药铺帮我买点安眠药呢？我好累，脸又发烫，这样反而睡不着，真是抱歉，钱的话……”

“没关系，这点小钱。”她高兴地出门。

分派事情给她绝不会让她感到颓丧，女孩子反而会因男人对自己有所请托而感到愉悦，这种事我清楚得很。

还有另外一位，是女子高等师范的文科生，她是我们的“同志”。为了组织的活动，我和她每天都会见面。每次讨论结束后，那女孩总会跟着我，然后擅自买东西送给我。

“你把我当亲姐姐也好。”她装模作样地道。

“我也打算这样。”我做出略带哀愁的微笑回答着。

总之，一激怒她可就不好了，非得骗骗她才行，出于这样的想法，我渐渐开始迎合这个丑陋又讨厌的女人，请她买东西给我让她露出愉悦的表情（那些东西其实我一点都没兴趣，收到之后我都很快地转送给烤鸡串店的老板），或是说些玩笑话让她咯咯笑。

某个夏夜，怎么也摆脱不了她，一心只想把这女人赶快打发走的我，便在街道暗处亲吻了她，她如痴如狂兴奋不已，叫了部汽车，带我到一栋像是为秘密活动而租用的大楼事务所里狭小的房间内，大闹了一整夜。什么姐姐嘛，我暗自苦笑。

不论是宿舍的女孩或认真的“同志”，都变得每天非见面不可，我就像一直以来对待其他女孩子一样，未曾加以回避，渐渐地，出于与往常一样不安的心情，我拼命地讨她们俩欢心。很快，我便作茧自缚，被纠缠得更紧了。

同一时间，我从银座某家大咖啡厅的女侍那里，得到了意想不到的恩惠，虽然只打过一次照面，但拘泥于那份恩惠，我感到一阵不知该担心还是空虚的害怕，这让我全身动弹不得。

当时，我已经敢在没有堀木的带领下一个人搭电车，还可以一个人去歌舞伎町，甚至会穿着碎白道花纹布的和服，装出一副厚颜无耻的模样出入酒馆。但在内心深处，我完全没变。

疑惑、恐惧、烦恼于人类的自信与暴力，只是表面上，我会略带真诚地与他人打招呼……不，不是这样，若没有失败搞笑的苦涩笑容陪伴，我仍然无法出声和人打招呼。

总之，就算是晕头转向的打招呼，我也是能与人打招呼了，这是托了四处奔波于组织运动的福吧？加上女人吧？还有酒精呢？但主要却是托金钱不自由的福才得以修得的。

不论身处何方我都觉得害怕，反而是混入大型酒馆中令人害怕的众多酒客与女侍中，自己这颗不断被追逐的心倒是能从此平静吧！我拿了十块钱，独自走进银座的大型酒馆里，笑着对女侍道：

“我只有十块钱，你看着办吧！”

“不用担心。”她讲话带点关西口音。

这句话奇妙地让我震荡不已的心平静了下来。不，这不是起因于对金钱状况的不需挂虑，而是因为感觉到自己可以无所牵挂地待在这个人身旁。

我喝了酒。由于对这女人感到安心，反而让我没有一丝想要说笑耍宝的念头，而能毫不隐瞒自己本性中寡言阴霾的一面，沉默地喝着酒。

“这些您喜不喜欢？”那女人拿了各种菜肴摆在我面前，我摇着头。

“只要酒就好了吗？那到我家喝吧！”

那是一个秋天的寒夜。

我照着常子的吩咐（我记得当时我是叫她常子，但记忆模糊，连我也不太清楚。我啊，竟连殉情的对象名字都快忘了），待在银座一家寿司摊前，吃着一点也不可口的寿司等着她。虽然忘了她名字，但当时寿司的糟糕味道，却不知怎地清清楚楚残留在脑海中。还有表情如青蛇般，秃着头的寿司店大叔，他那摇头晃脑，掩人耳目而看似顺手地捏着寿司的模样，也能如映入眼帘般鲜明地回想起来。多年后的我在电车里看见眼熟的脸庞，搜寻记忆时，惊觉其竟与当时的大叔有几分神似，这事竟让我苦笑再三。

在她的姓名，甚至脸庞都从记忆中褪去的现在，我却能正确无误地清楚画出那位寿司店大叔的长相，我想可能是因当时寿司难吃得让我感到寒冷与痛苦的关系吧！原本，就算是别人带我到美味可口的寿司店，我也从未觉得好吃过。寿司大过头了，难道就不能捏得像大拇指一般大小吗？我老是这么想。

她在本所（旧时的东京地名，现为锦系町）的工匠店二楼租屋而住。在那层二楼里，我丝毫未曾隐藏自己白天阴郁的心，仿佛是强烈的牙疼袭来一般，单手托着腮帮子，啜饮着茶。我这种模样，反而很让她着迷，这也是个让人感到四周萦绕着沁骨寒风，徒留落叶随风狂舞而全然孤绝独立的女人。

同榻而眠时，女人杂絮地说道她比我还大上两岁，故乡在广岛，结了婚，先生在广岛是个理发师，去年春天一起私奔到东京，但先生在东京干不了正经的差事而以诈欺罪被起诉，关进大牢里，每天她都会送些东西到监狱去，不过明天开始就要撒手不管了。没来由地，我对那女人的身世毫无兴趣，不知是因她讲故事的技巧太差，还是搞错了话题的重点？总之，许多时候，在我耳里听来都是马耳东风。

孤寂！

对我来说，比起那女人谈论身世的千言万语，一句低喃肯定就能唤起自身的感同身受。尽管我是这么期待着，但从这名世间女子的身上，我却完全听不到这种话，这让我感到既奇怪又不可思议。不过，这女人不会从嘴里说出“孤寂”两字，而有种无言的强烈孤寂感，如气流般流窜在身体外围，只要一靠近她，自己的身体也会被那股气流所包围，与自己原本那带刺的阴郁气流交会融合，如同“静静地躺在水底石头下的枯叶”一般，我可以从恐惧与不安中脱离出来。

这与想要在那些白痴妓女们怀里安心沉睡的想法完全不同（第一，这些娼妓都是生气蓬勃），和诈欺犯的老婆共度一夜，对我而言，可说是幸福（如此毫不犹豫，确实肯定地使用这种离经叛道的字眼，是我不打算在这份手札里再度看到的）的解放之夜。

然而，仅只一夜。

早晨睁开双眼惊醒时，我又变回原本那个轻浮、装模作样的丑角了。

胆小鬼，连幸福都怕！

轻柔如棉也能伤人，被幸福所伤自然不奇怪了。在还没受伤前，我焦虑地想要尽早保持原状地分开，并散布着如往常一般自娱娱人的烟雾。

“‘财尽情亦绝’这句话啊，它解释错了，并不是一没钱就会被女人抛弃之意。男人只要一没钱，就会自然而然意气消沉，一蹶不振，连笑出声的力气都没有，莫名其妙地性格乖僻了起来！在这个裂痕的影响下，男人就会把女人抛弃，半疯狂地狠狠地甩掉。若是按照金泽大辞典这么说，那还真是可怜呢！我啊，很了解这种感受！”我还依稀记得曾说过这种蠢话，让常子笑得花枝乱颤。

久留无用，担心之余，我连脸也没洗便匆匆离去，但当时那句“财尽情亦绝”的胡言乱语，却在后来造成了意外的纠葛。

后来，整整一个月，我都没有再碰到那一夜的恩人了。分别后，随着日子流逝，喜悦之情转淡，我反而连受到一些微不足道的恩情都会感到害怕，径自感受到强烈的束缚，甚至逐渐开始在意起当时让常子独自负担自己上酒馆的费用，果然，常子也和宿舍的女孩、那位女师范生一样，净是威胁着我的女孩子，我这么想着。

虽然远隔两地，但对常子源源不绝的恐惧，加上自己老觉得若是再度遇上曾经共度春宵的女人，肯定会被突如其来的怒火所包围，真的碰上倒成了一件麻烦事，因此，逐渐地，我对银座敬而远之。

然而，这种怕麻烦的性质，决不是因为自己的狡猾。共度春宵与清早起床后，这两者间是不带一丝瓜葛的，要如同完全忘却一般，完美地将世界一分为二地活着，对于这种怪异的现象，女人这种动物，仍然无法完全理解。

十一月末，我与堀木在神田的路边摊喝着廉价酒，这名损友，从路边摊出来后，还一直要求再上哪儿再喝第二轮，明明我俩身上都没钱了，还坚持要喝。此时，我仗着酒意大胆地说：

“好吧！那我带你去梦之国！那个吓死人的酒池肉林……”

“酒馆吗？”

“对！”

“走！”

两人上了电车，堀木雀跃道：

“今晚我好兴奋，我能亲女侍吗？”

我并不喜欢堀木借酒装疯。堀木自己也知道，因此事先对我做了那样的提醒。

“可以吧！亲一下。我一定要亲亲坐在我旁边的女孩。好吗？”

“无所谓啊！”

“感谢你！我快等不及了！”

我们在银座四丁目下车，身无分文地走进那个酒池肉林的大咖啡厅，我把常子当成唯一的靠山，和堀木面对面坐在一间空着的包厢，此时，常子与另一名女侍走过来，那另一名女侍坐到我身旁，常子则在堀木身旁倏地坐下，这让我吓了一跳。常子正在被亲吻着。

我一点也不觉得惋惜。我原本就没什么占有欲，就算隐隐觉得有点不舍，我也没有大胆主张所有权，与人相争的气力。后来，我甚至还会默默地坐视自己的妻子被他人侵犯。

只有与人有所纠纷这一回事，是我完全不想触碰的。

卷入那股漩涡会很可怕的。常子与我不过是一夜春宵的关系而已。常子，不是我的。可惜，这种骄傲自大的欲念，是我不该拥有的。但我仍吓了一大跳。

因为对于眼前承受着堀木猛烈亲吻的常子，我有一种不平的感觉。被堀木蹂躏的常子是一定得与我分开不可！况且，我连挽留常子的实际热情都没有。哎！够了！就这样结束吧！虽然一瞬间惊于常子的不幸，但我很快就放弃了，看着堀木与常子的脸，我不怀好意地笑着。

但事态却意外地朝更糟的情况发展下去。

“算了！”

堀木歪着嘴道：“难得连我也对这种寒酸的女人没兴趣……”

堀木闭嘴不语，双手交叠在胸前、眼睛盯着常子转而苦笑着。

“拿酒来，我没钱。”我小声地对常子说。

我想喝个烂醉。若从庸俗的角度看来，常子连得到醉汉亲吻的价值都没有，不过是个难看寒酸的女人罢了。伴随着错愕与意外，我竟有种晴天霹雳的感觉。我反常地大口大口灌着酒，喝得烂醉，和常子眼光交会时，交换着悲哀的微笑，无论如何，她都不过是个疲惫而寒酸的女人而已，我这么想的同时，穷人与穷人之间的亲近感这玩意儿（纵然贫富间的不和谐听来陈腐，但却是永远的连续剧戏码之一，至今我仍这么认为），这种亲近感涌上胸口，有生以来头一遭，我觉得常子好令人怜惜，而我也极端地感觉到一直以来的微弱爱恋之情正鼓动着。

我吐了，然后不省人事。

第一次，我喝酒喝得如此失态。

悠悠醒来时，枕头边坐着常子。我躺在那位于本所工匠店二楼的房间里。

“‘财尽情亦绝’，你说这句话时我还以为是开玩笑，你是认真的？难怪你都不来找我了。管它什么复杂的恩断义绝，我赚钱给你也不行吗？”

“不行。”

然后，她也躺下了，两人一夜未眠。

她口中首次吐露出“死”这一字，她说她已经对于身为人类的汲汲营营感到疲累了。而我，一想到自己对于人世间的恐惧、麻烦、金钱、组织运动、女人、学业……觉得忍无可忍，再也活不下去，因此我轻松地同意了她的提议。

但是当时的我，还无法对死亡的实际感受有所觉悟。我内心深处的某处，仍潜藏着“玩票”的心情。

这天早上，两人在浅草的六区徘徊游荡，走进咖啡店里，喝了杯牛奶。

“你付钱吧！”

我站起来，从和服袖口里掏出钱包，打开一看铜钱三枚。比起羞愧，更有一股凄惨的感觉迎面袭来。突然间，浮现在我脑海里的，是我在仙游馆的房间，那间只剩下制服与坐垫，连个可以拿来当抵押品的东西都没有的荒凉房间，另外，就是现在身上穿的这套碎白道花纹布和服和斗篷。

这就是我的现实生活，活不下去了，我清楚明白这一点。

我彷徨失措，她也站起来，瞄了一眼我的钱包。

“哎呀，只有这些啊？”

无心的一句话，却让我痛得锥心刺骨。

第一次，只听到心上人的声音便感到疼痛不已。事情不单单如此。

铜钱三枚，根本连钱都不算。这是我完全不曾体验过的奇耻大辱，让我活不下去的屈辱。终究，当时的我仍没有脱离有钱人家少爷的心态吧！那时，我实际体会到再怎么样都得死的决心。

这一夜，我们来到镰仓海滨。她说腰带是向店里的朋友借的，所以将腰带解下，交叠放在石头上，而我也脱下斗篷，放在同一处，两人一同跳进水里。

她死了，只有我获救。

我是高中生，加上不知是否因父亲的大名多少还有点炒新闻的价值，报纸也当成大事件大大炒作了一番。

我在海边的医院休养着，故乡跑来一位亲戚，告诉我所有始末。还说到以故乡的父亲大人为首，全家都震惊暴怒不已，可能会从此切断父子关系云云。

但比起这回事，我却心系死去的常子，只是一个劲地暗自哭泣。真的，截至目前认识的所有人当中，我只喜欢那个寒酸的常子。

宿舍的女孩接连写了五十首短歌式的长信过来。

“好好活着啊！”短歌开头全是这种莫名其妙的字眼，多达五十首。

此外，护士们也会笑眯眯地来到我的病房，有的还会紧紧握住我的手后再回去。那间医院检查出我的左肺有问题，这对我来说倒是件好事。不久后，我以协助自杀罪遭警方提押，但警方却把我当成病患，特别让我在保护室里静养。

深夜，保护室隔壁的值班室，值夜班的年长警员偷偷打开中间门扉。

“喂！”

他对我说道：“很冷吧？过来这儿暖暖身子。”

我故意无精打采地走向值班室，坐在椅子上偎着火炉。

“果然，你还是爱着那个死去的女人吧？”

“是的。”我以近似消失的细微声音响应着。

“这也是人之常情啊！”

他逐渐摆起架子。

“一开始是在哪儿和这女人结识的？”

他像个法官似的，装模作样询问着。他侮蔑我是个孩子，在无聊的秋夜里，假装自己是问讯的长官，企图从我这里挖出一些带点情色的追述。

我早就察觉这一点了，尽力地忍住笑意。这种警员的“非正式讯问”，我知道自己就算拒绝回答也无所谓，然而为了要在这秋夜里增添兴致，我如此表现出对这警员的深信不疑，这位就是问口讯的长官，责罚轻重全系于这位长官的一念之间。我表面上做出一副充满诚意的样子，且多多少少满足他的好奇心进行适度的“陈述”。

“嗯，这样我大概了解了。你若是老实回答，我们会衡量轻重，手下留情的。”

“多谢，拜托您了。”相当精湛的演技。对我来说，这根本算不上什么。

天亮了。我被署长叫了出去。这次是正式的讯问。

推开门，我进入署长的办公室。

“喔，长得挺不错嘛，这也不是你的错啦，是你母亲不该把你生得这么俊美。”

署长肤色微黑，感觉大学毕业没多久，还很年轻。突然听到这席话，我觉得自己像是半边脸长满了红痔的丑陋的残疾人一般，有种悲惨的感觉。

这位像是柔道或是剑道选手的署长，问讯起来其实相当清楚干脆，与深夜老警员偷偷固执且好色的“讯问”有着天壤之别。讯问结束，署长写着要送交检察厅的公文，一面道：

“好好保重身子啊！你是不是咳出血来了？”

早上一阵猛咳，虽然咳的时候有用手帕捂住，但却在手帕上留下点点红斑似的血迹。不过，这不是从喉头咳出来的血迹，而是昨夜我挠耳朵下方长出的小肿疮时所流出的血。但我突然觉得还是不要明说的好。

“是的。”

我只是低眉敛目且语带敬佩地回答。

署长写完公文说：

“会不会被起诉还要看检察官大人怎么决定，你今天最好能打电报或电话请你的监护人来一趟横滨的检察厅，你应该有吧？什么监护人或保证人之类的。”

有个经常出入父亲东京别院的字画古董商人名叫涉田，是我们家的同乡，也是父亲底下的奉承者之一，有着胖嘟嘟的五短身材，是个四十岁左右的单身男子，我想到他是我学校的保证人。那男人的表情，特别是那眼神，与比目鱼十分神似，父亲总是称他为比目鱼，我也跟着这么叫。

我借来警局的电话簿，寻找着比目鱼他家的电话号码，然后致电过去，请他到横滨的检察厅一趟。比目鱼变了个人似的语带傲慢，但他总算还是接受了。

“喂，那部电话最好消一下毒，他先前才刚咳过血。”

我被带回保护室后，署长对其他警员大声叮嘱着，声音传进坐在保护室的我耳里。

过了中午，我的双手被细麻绳缚着，虽然他们允许我可以用斗篷遮着，但是麻绳的另一端却紧紧地握在一名年轻巡警手里，我们两人一起搭电车前往横滨。

但我却没有丝毫不安，那个保护室，还有老警员都让我觉得怀念。啊！我是怎么了？

以罪人的身份受缚，我反而松了一口气，心情平静，就算现在提笔写出对当时的追忆，还是能感受到那股舒坦与愉快。

然而，当时让人怀念的回忆，却有个让人冷汗直流，一生都忘不了的悲惨记录。

我在检察厅幽暗的房间里接受检察官简单的讯问。检察官看起来四十岁左右、稳重（若我称得上美貌，那肯定也只是邪气荒淫的美罢了，可是那名检察官的脸却让人想用刚正不阿的美来形容，带有一股聪黠静谧的气质）、为人不会斤斤计较的样子，让我完全撤下心防呆呆招供着，忽然间，一阵猛咳袭来，我从和服袖口掏出手帕，突然，看到上头的血迹，产生了一个阴暗的想法，觉得搞不好这个咳嗽能有什么帮助也不一定。于是咳咳的再添两声。我夸张地空咳着，用手帕捂着看向检察官的那一瞬间……

“是真的吗？”他静静地微笑着。

我冷汗涔涔，不，就算现在回想起来仍觉得天旋地转。这比起中学时代那个傻瓜竹一倏地从背后说我故意，将我一脚踹入地狱的感觉，绝对是有过之而无不及。那次与这次，是我一生中唯一两次演技大失败的记录。我甚至还觉得，比起遭到检察官沉静的侮辱，当场判我个十年徒刑还好过一些。

我被暂缓起诉。但我却一点也不高兴，带着凄惨无比的心情，坐在检察厅的会客室长椅上等着保证人比目鱼。

从背后高挂的窗头看得到满天夕阳，海鸥呈女字形排列，在天际翱翔着。

第三手札

一

竹一的预言，一个成真，一个却错了。

被女人迷恋这种不太光彩的预言虽然对了，但一定会画出巨作这种祝福式的预言却完全没有实现。

我充其量，只能当个烂杂志的三流漫画家。

由于镰仓事件，我被高中开除学籍，待在比目鱼家二楼的一间三叠大的房间里过日子，故乡每个月寄来的钱也不会直接交到我手里，似乎都是偷偷地被送到比目鱼那儿（而且，听说这还是故乡的兄姐们瞒着父亲送来给我的），仅仅如此而已，我再也没有其他任何与故乡的联系。

比目鱼老是对我摆脸色，就算我对他赔笑，他也没有一丝笑意，人这种动物竟可以如此简单，变脸像翻书一样快啊！

让人觉得下流，不，倒不如用滑稽来形容还贴切一点，他换了个人似的模样对我耳提面命地说道：

“不能出去！总之，你别出去就是了！”

比目鱼把我当成像是会再去自杀一般监视着，换言之，他好像已经认定我会再度追着女人的身影跳海似的，严禁我外出。然而，既没酒喝，又没烟抽，只能一天到晚缩在二楼三叠大的房间的被炉里读着旧杂志，过得与白痴没啥两样的我，竟连自杀的气力都没了。

比目鱼家靠近大久保医专，书画古董商——青龙园，只有这个招牌上的文字看来意气风发，至于店铺——分占这栋房舍二分之一，不但店门口狭窄，店内又满是灰尘，全摆些不值钱的破铜烂铁（其实比目鱼也不是靠买卖这些破铜烂铁赚钱，听说他都是将这里某大爷的秘密珍藏转让到另一位大爷手上，从中赚取中介费）。

比目鱼几乎整天都没有待在店里，一大早就面色凝重地出门了，负责顾店的则是一位十七八岁的小伙子，或许是因为还担任看守我的工作，就算一有空跑去和附近的孩子们到外面玩传接球游戏，还将我这个二楼的食客当成傻子一般，甚至还煞有其事地对我说教呢！我本性就不会与人争执、顶嘴，于是总会露出疲惫且敬佩的表情静静倾听、柔顺服从。

这小伙子是涉田的私生子，就算发生了什么不寻常的事，涉田也不会搬出父子的名号。另外，听说涉田一直都没娶妻好像就是因为这方面的原因，这些都是我以前不经意地从家里或街坊邻居那儿听来的谣言，但我这个人对其他人的身世没什么兴趣，因此了解得不深。但那小伙子的眼神怪异地会让人联想到鱼眼睛，难不成真的是比目鱼的私生子？若真是如此，那他们俩真是一对孤单的父子档。他们曾在三更半夜瞒着二楼的我，一声不吭地吃着买来的荞麦面等物。

比目鱼家的饭菜都是由小伙子照料，只有我这个二楼麻烦人物的饭菜会特别放在餐盘里，每天早、午、晚三餐由小伙子端来，比目鱼和小伙子则在楼下那个幽暗潮湿的四叠半大的房间里，不时"锵锵"地发出玻璃碟盘交错撞击的声音，急急忙忙地吃着饭。三月底的某个傍晚，比目鱼不知道又找到了什么发财机会，还是另有什么主意（就算这两个推论再正确，恐怕还有另外好几个我想不到的原因存在着吧！），很难得地，他将我叫到楼下摆着酒的桌子前，借着几块鲔鱼生鱼片，这位请客的主人还自鸣得意着，甚至帮我这位茫然的食客进酒呀！

"你接下来有何打算？"

我未搭腔，从桌上夹起小沙丁鱼干，被小鱼们的银白眼珠子凝视着，一阵晕眩隐隐发作，我怀念起那段四处玩乐的日子，甚至还包括堀木那家伙，我深深地渴望起"自由"，一瞬间，我快要脆弱地哭了出来。

来到这个家以后，我连搞笑耍宝的干劲都没有了，只是栖身在比目鱼和小伙子蔑视的眼光中。就连比目鱼也一副避免与我融洽长谈的模样，而我也没什么心情追着比目鱼聊天，我几乎已完全成为一位迷糊呆蠢的食客。

"暂缓起诉。看来不至于留下前科记录。这么一来，你也能重新做人了！你啊！若懂得悔改，认真和我好好谈的话，我也会好好帮你想想的。”

比目鱼说话的方式，不，应该是世界上所有人的说话方式，都是这么麻烦，并带点隐约且微妙到让人想逃脱般的复杂。对于那些严重到无可弥补的警告及细小到无可计数的恼人战略，使我老是感到疑惑。算了！怎么都好！我这么想着，抱着丧家犬般的心态，不是挖苦着玩笑着，就是沉默应允地承受一切。

当时比目鱼要是对我有着像下列简单的说明，事情就会到此为止了结了，这些事我到后来才明了。对于比目鱼那多余的注意，不，应该说是世人难以理解的虚荣，不管怎样都让我有种阴郁之感。

比目鱼当时要是只说这些就好了。

“不论公立或私立，总之，从四月开始，你就去找间学校念吧！进学校念书后，你老家那儿会寄一笔优渥的生活费过来。”

虽然我过了许久才了解，但事实上就只是这么一回事。

那么，当时的我也听从了这个建议了吧？然而，比目鱼用意深厚的说话方式，莫名其妙地把一切都复杂化了，从此我的人生方向也变了样。

“不过，你要是没心情认真地和我讨论的话，那就没辙了。”

“什么样的讨论？”我真的毫无头绪。

“就是你心中的事啊！”

“比如说？”

“比如说，例如你今后打算怎么样。”

“你说我去工作会比较好吗？”

“不，我是指你自己到底是怎么想的？”

“可是你不是要我回学校念书……”

“那要花钱啊！但是现在重点不是钱，而是你的心情。”

老家会寄钱来，不是吗？为什么他不一口气把话说完呢？我的心情明明已经定下来了，却因他这句话而坠入五里雾中。

“如何？你有没有什么将来的期望呢？虽然要独自照顾好自己多少有点困难，尤其是对于一直被照顾的人而言，应该体会不到这一点吧！”

“很抱歉。”

“其实啊，这是我所担心的。我也不希望因为我一直照顾你而造成你懵懵懂懂地混日子。希望你能让我看看你寻找新生之道的决心。例如你对于将来的计划，如果你能坦然以对，与我认真地讨论，我也会好好回答你的。如果你觉得反正这个贫穷的比目鱼要帮助我，然后像以前一样好高骛远，那我可就帮不上忙了。但如果你能好好坚定自己的想法，确立将来的方针，让我们好好聊聊，为了能让你重获新生，就算只是绵薄之力，我也会帮你的，懂了没？你懂我的心情了吗？到底你打算今后如何？”

“如果你不能再让我住在二楼的话，我会去工作……”

“真的？你是这个意思吗？目前如果是帝国大学毕业出来……”

“不，我不想当上班族。”

“好，那是什么？”

“我想当画家。”我下定决心、脱口而出。

"咦？"

当时，比目鱼缩着脖子笑着的脸，浮现着狡猾的影子，在我脑海挥之不去。那样子看似轻蔑又似乎不然。若将世间比喻成大海，那奇妙的影子似乎会在那片大海里的某个万丈深渊下漂来荡去，那是个在成人生活的深处不时发出光芒、引人注目的笑容。

"这是什么话？你根本都没有仔细地想过，好好想想吧！今天认真地考虑一整晚。"我得到这样的答复，然后就像被追赶似的爬上二楼，即使躺着也想不出任何结论。拂晓时分，我从比目鱼家逃了出来。

傍晚即回。我到左列的这位朋友的住处，讨论未来方向。切勿挂心。真的！

我在便笺上用铅笔写着斗大的留言，然后写下堀木正雄的姓名及他在浅草的地址，偷偷离开比目鱼的家。

我并不是因为被比目鱼说教搞得心有不甘而逃了出来。正如比目鱼所言，我是个搞不清楚自己想法的男人，连未来方向什么的都毫无概念。待在比目鱼家麻烦的是，不但会对比目鱼心生同情，万一自己真的有心振作、立定志向，一想到每个月要从贫穷的比目鱼那儿获得那笔重生资金的援助，便不免感到气短，有种无地自容的感觉。

然而，我并不是真的有心想去找堀木商量什么未来方向而离开比目鱼家。只是有那么一瞬间，有一点点想让比目鱼感到安心（当时的我，多少带着一点想逃到远方而写下推理小说式的这张便笺，虽然当时的确隐隐带有这样的心情，但那种突然让比目鱼感到震惊混乱又疑惑时，自己都会觉得很可怕，可能也带有几分正确吧！即使事迹败露，还是会觉得害怕，非得找个什么东西来掩护，我想这是我可悲的怪癖之一，与大家口中“骗子”卑贱的性格很相似。不过，我似乎不是因为要为自己带来利益才掩饰，只是想一改在低落的气氛中，所感受到的那种即将窒息的恐惧，就算事后明知对自己不利，但出于往常那种“卖命的服务”，带点歪斜的虚弱与傻瓜般搞笑服务的心情，还是经常不经意地想说句话来掩饰的情况。不过，这样的习性仍旧在这世上“老实人”身上很吃得开），于是堀木的姓名与地址便从记忆底层浮现，跃然而纸上。

走出比目鱼家，到了新宿，我将怀里的书本卖掉，仍旧感到束手无策。我对每个人都很亲切，但是友情这种东西，我却一次也没感受到。

除了堀木这种酒肉朋友，其他所有的往来都只会让我觉得痛苦，我仿佛将这痛苦努力抹灭，扮演好娱乐众人的角色，但反而将自己弄得精疲力竭，即使看到稍稍熟悉的面孔，甚至只是路上看到的相似的面孔，那一瞬间，我都仿佛被一股快要晕眩的战栗所侵袭，明知道自己被他人所爱，却缺乏一丝爱人的能力（我对于人们是否都具有“爱”的能力一直感到十分疑惑）。这样的自己，非但不可能交到什么挚友，甚至连“登门拜访”的能力都没有。对我来说，别人家的家门，比《神曲》中的地狱之门还可怕，像是在大门尽头处蠢动着一头可怕的毒龙一般，活生生的怪兽，这感觉一点也不夸张，真切地活跃在我心中。

我没有与任何人有所来往，自然也去不了任何地方拜访。

堀木！

这才是玩笑间离手的一枚棋子。如同我在便笺上所写，我是去拜访了住在浅草的堀木。

以前我从未到过堀木家，都是我拍电报请堀木到我那儿，但现在，我连电报费付不付得出来都要挂虑了，而且像我现在这样落魄，就算打了电报堀木可能也不会来吧！这么想的我，决心展开自己所不擅长的“拜访”，叹了一口气坐上市内电车。对我而言，这世上唯一可以依赖的就是那个堀木了吗?

想到这点，我感受到一阵令人心寒的悲惨。

堀木在家。

肮脏小路深处的两层楼建筑，堀木使用着二楼唯一一间六张榻榻米大的房间，下面则住着堀木年迈的双亲与一名年轻工匠，三人敲敲打打地缝制着木屐带。

那一天，堀木以一个都会人的姿态，对我露出崭新的一面。这就是所谓的老奸巨猾个性，那是足以让身为乡下人的我，愕然得瞠目结舌，冷酷又狡诈的自私。他不像我，是个会无止境地浪荡下去的男子。

“我完全被你吓到了，你父亲原谅你了吗？还是还没？”

我是逃出来的，这种话我说不出口。

我，如同往常敷衍搪塞。这种时候一定马上就被堀木看穿，但我还是掩饰着。

“这……我还在想办法。”

“喂，这可不好笑呦！给你个忠告，就算是笨蛋也会就此打住。我啊，今天还有事呢！最近忙得晕头转向。”

“有事？什么事啊？”

“喂喂，你别把坐垫的线弄断了！”

我在聊天的同时，手指无意识地摆弄着自己坐垫上四个角的其中一处不知是缝线还是绑线的缨穗，有时还拉扯着它。

堀木他若是碰到自家物品，就算是坐垫的一条线也会好好爱惜，毫无惭色，这也是为什么他现在会流露着不快而责备着我。仔细想想，堀木与我来往以来，根本不曾失去过什么。

堀木年迈的母亲用食盘端了两碗红豆汤上来。

“啊，有这个啊！”

堀木像个真心孝顺的儿子般，对母亲诚惶诚恐地，用字遣词不甚自然，尊敬地说道：

“抱歉，要不要来碗红豆汤呢？没什么阔气不阔气的，不需要担心这些啦，我还有事马上就得出门。啊不，还是别浪费母亲这难得的拿手汤点红豆汤好了。我要开动啰！你也来一碗吧！这可是我母亲特别做的呢！啊，真是美味！感觉真豪华吧！”

他一点也不造作，愉快美味地吃着。我也轻啜了一点，尝了尝汤的味道，然后吃了汤团后才发现那不是汤团，而是我不知道的东西。我绝不是轻蔑他们的贫瘠（因为我当时一点也不觉得难吃，而且我能深深地体会出他母亲的用心。我想就算对贫穷感到恐怖，也毫无轻蔑之意）。借由那碗红豆汤及因红豆汤感到喜悦的堀木，我可以找出都会人俭朴的本性，还有东京人那种清楚区分自己人的家庭实况，使我觉得只有自己这种亲疏不分、老是不分场合想逃避人类生活的笨蛋才会完全被淘汰，连堀木都要对我置之不理了，狼狈之余，我边动着插在红豆汤里的筷子，边忍不住想把这种孤单的感受记录下来。

“对不起啊，我今天还有事。”

堀木站了起来，边穿上衣边道：“失陪了，真是对不起。”

此时，堀木有位女访客，他的态度也突然急转直下。

堀木突然变得很有活力似的说：

“啊，真抱歉，我刚好正想要上您那儿去的，可是临时有客人……不会的，没关系……请，这边请。”

我惊恐地离开我的坐垫，将坐垫翻了面往前推，然后又翻了个面递给那女人。房间里除了堀木的坐垫外，只剩一个坐垫可以让客人用了。

那女人瘦瘦高高的。她将垫子拖到一旁，在门口附近坐了下来。

我茫然听着那两人的对话。那女的是杂志社的人，好像之前请堀木画什么插画，现在要拿成品回去。

“我急着要。”

“我好了，早早就画完了。就是这个。”

这时电报进来。堀木读着读着，脸上愉快的神情隐隐带着奸险地说：

“啧！你看！这是怎么回事？”

那是比目鱼拍来的电报。

“总之，你还是快点回去吧！要我送你也可以，可是我现在走不开。你啊，离家出走还一副漫不经心的样子……”

“府上是哪里呢？”

“大久保。”我脱口而出。

“那离我公司很近。”

那女人是甲州人，二十八岁，和五岁的女儿一起住在高圆寺的公寓里。听她说，她丈夫已经去世三年了。

“你好像过去活得相当辛苦，机灵而世故很可怜。”

我开始过着小白脸的生活。静子（这位女记者的名字）到新宿的杂志社工作后，我和那个叫作茂子的五岁女儿便乖乖地留下来看家。之前她母亲不在时，听说茂子都会到公寓管理员家里玩，但因为现在有我这位“机灵”的叔叔当玩伴，所以看起来很高兴的样子。

一个礼拜过去了，我茫然地待在那儿。公寓窗口附近的电线上卡着一只风筝，在春天风沙的吹动中破掉了，尽管如此，它仍死缠着电线不放，动不动就点头轻敲着。我每次看到它，都会忍不住露出苦笑，甚至还会做梦梦到呢。是做噩梦的时候。

“我想要钱。”

“……多少呢？”

“很多……财尽情亦绝，这句话是真的喔！”

“说什么蠢话嘛？这种老掉牙的……”

“是吗？可是，你不懂的啦，我可能会就这样卷款而逃呢！”

“到底是哪一方比较穷？是哪一方会逃跑啊？真是怪了。”

“我想用自己挣来的钱买酒，不，是买烟。说到画画，我可比堀木还厉害呢！”

此时，我脑中浮现的是那数张中学时代被竹一称为“妖怪”的自画像，那被丢掉的杰作。那些画作在数度搬迁中遗失了，但我总觉得，只有那几张才是真真切切的优秀作品。之后，虽然试图画过许多，但远不及记忆中这些珍品，这样老让我觉得心中空空荡荡，怅然若失。

一杯喝剩的苦艾酒。

我悄悄地这样形容着那股永远难以弥补的失落感。一提到画，我眼前便闪烁着一杯喝剩的苦艾酒，还涌起一股焦躁，啊！我想让这个人瞧瞧那些画，我想让她相信我的绘画才能。

“嘻嘻，怎么啦？你认真说笑的表情还真可爱！”

这不是开玩笑，是事实啊！真的想让你看看那些画！我如此徒然地烦闷着。但一下子又改变心意放弃地说：

“是漫画，虽然不多，但说起画漫画，我可不输堀木。”

这种掩人耳目的话反而比较能被相信。

“是嘛！我也佩服得很呢！看到你画给茂子的那些漫画，我有时不小心都会笑出来呢。你要不要试试看？我可以向我们公司的总编辑拜托一下。”

那家公司是以小孩子为对象，不太有名的月刊杂志。

看你这副模样，大部分的女人都会忍不住想要贡献些什么……总是提心吊胆着，结果成了一个搞笑专家……偶尔，一个人非常闷闷不乐的模样，更让女人们觉得心痒痒的。

就算静子什么事都会跟我说，还会吹捧我，但一想到当小白脸的肮脏与下流，便让我越来越郁郁寡欢，毫无精神，我曾偷偷地努力想摆脱来自女人的经济援助，总之就是逃离静子，独自生活，然而我却陷入了非得依赖静子的窘境里。从离家出走后，我几乎都是受到这位甲州女强人的照顾，这也造成了我不得不对静子战战兢兢。

在静子的安排下，比目鱼、堀木、静子形成三人阵线，而我则完完全全与老家绝缘了。我与静子光明正大同居起来，靠着静子四处奔走，我的漫画出乎意外地赚到钱，还用这笔钱买了酒和烟，但自己心中的担心与郁闷却愈加严重。正因如此，当我完全陷入忧郁之中，画着静子杂志社每个月连载的漫画《金太与雄太的冒险》时，还曾因瞬间涌起的思乡之情，在孤零零的感觉下，动不了笔而暗自垂泪。

稍稍拯救了当时的我的，就是茂子。茂子那时已经会毫不拘束地叫我爸爸了。

“爸爸，有人说只要祈祷，天上的神就会赐给我们任何东西，这是真的吗？”

我才想要祈这样的祷呢！我心想着。

啊！给我冰冷的意志！让我知道人类的本质吧！人就算踩着别人往上爬，也算不了什么罪！给我一个愤怒的面具吧！

“嗯，对啊。他什么都会给茂子你喔！但爸爸可能就得不到了。”

连神都让我感到害怕。我无法相信神的爱，只相信神的惩罚。我一直觉得只有受到神的鞭笞才会低着头面向审判殿堂。我相信地狱，却怎么也无法相信天国的存在。

“为什么得不到呢？”

“因为我没有听父母亲的话。”

“是吗？可是大家都说爸爸是个大好人啊！”

那是因为他们全被骗了。我知道这栋公寓的每个人都对我有着好印象，但要对茂子说明我有多害怕大家，越怕就越得到大家的喜爱，一旦得到大家的喜爱便越觉得恐怖，非逃离不可，要把这不幸的怪癖说清楚实在困难极了。

“茂子想要神给你什么呢？”我无心地转变话题。

“我啊，我想要我真正的爸爸。”

忽然间，我感到一阵晕眩。

敌人。

我是茂子的敌人？还是茂子是我的敌人？总之，这里也有个威胁到我的大人。陌生人！深不可测的陌生人！满怀秘密的陌生人！一瞬间茂子看起来就是这模样。

以前我总觉得茂子不过是个孩子，果然，她也有着不知不觉置人于死地的能力。从那时开始，我也变得要对茂子战战兢兢才行。

“色鬼！你在不在啊？”

堀木又开始到我这里晃荡了。明明他在我离家出走那天是那样让我感到心寒，但我却没有拒绝，微笑着欢迎他。

“你的漫画相当受欢迎呢！你们这种业余者，就是有种初生之犊不畏虎的傻劲！可是啊，别大意啊！因为素描是要一点一滴培养出来的。”

他摆出大师的态度。要是我把我的“妖怪”画作拿给这家伙看，他的表情会是怎样呢？我如往常一样折腾着自己的思绪，一面道：

“快别这么说，我难过得要尖叫了。”

堀木越来越得意地说：

“只有善于处世的本领，总有一天会露出破绽！”

善于处世的本领，我真的只有苦笑以对。我？善于处世的本领？像我这样害怕着人们，逃避掩饰，不都是奉行着俗谚“多一事不如少一事”那狡猾伶俐的处世格言嘛！

哎！人类真是一点也不相互了解，完全错看对方，还以为那是独一无二的挚友，一辈子都没察觉到这一点直到对方过世，还泪流满面地吊唁着呢！

总之（堀木肯定是被静子拜托才勉强登门），堀木他是我离家出走后从头到尾看着我走过来的人，因此，他便自诩为我的再造父母，还是月下老人，不时煞有其事对我说教，有时还会在三更半夜醉醺醺地来我这儿过夜或是登门借个五块钱回家（一律都是五块钱）。

“你拈花惹草的习性也就此打住吧！若再过分下去，可就不被世人谅解了！”

所谓世人，到底是指什么啊？是指多数的人吗？哪儿会有世人这东西的实体存在呢？一直以来，我老是抱着那是强大严酷而可怕之物的想法一路走来。但被堀木这么一说……

“所谓的世人，不就是你嘛！”

这话溜到舌尖快要脱口而出之际，但想到会惹恼堀木就麻烦了，结果又把话吞了回去。

那不为世人谅解！

不是世人！是你无法谅解吧！

这样下去会惹来世人鄙视的眼光！

不是世人！是你吧！

你很快就会被世人所遗弃的。

不是世人！会遗弃我的，是你吧！

你啊！多了解了解你的可怕、诡异、毒辣、奸诈狡猾与妖邪不正吧！这些字眼在我心中窜荡着，但我只是用手帕擦了擦脸上的汗，笑着说：

“惭愧！惭愧！”

然而，从那时开始，我心中就带有“世人不就是个人嘛”的想法。

开始认为世人就是个人之后，我变得更能靠自我意志去行动了。套句静子的话，我变得有点任性，不再百依百顺了。若是依照堀木的说法，我无端变得吝啬了。换成茂子的角度，则是不再那么疼爱她了。

整天沉默寡言地沉着脸照顾茂子，手边画着什么《金太与雄太的冒险》、模仿描述一个漫不经心老爸的二流作品《自在法师》以及《急性子阿乒》这种连自己都不知道为什么取这样自暴自弃标题的连载漫画好应付各家杂志社的邀稿（一个接着一个，渐渐地有静子以外的杂志社来邀我的稿，但全都是一些比静子的公司更低劣的三流出版社），阴郁地慢慢动着笔（我的工作速度算是非常慢的那种）。

现在我纯粹只是为了赚酒钱而画，等到静子回来时便交代给她，然后我再到高圆寺车站附近的路边摊或酒吧喝着便宜的烈酒，脸色微酣地回到公寓。

“我越看越觉得你的表情好怪呢！其实啊，自在法师的表情是从你睡着时的脸庞得到灵感的！”

“我看你的睡相才像老头呢！活像个四十岁的中年人。”

“都是你害的啦！把我给榨干了！水东逝，人消瘦，河边柳，为何愁……”

“别闹了，早点歇着吧！还是要吃点什么？”

她沉着得很，完全不把我的喧闹当一回事。

“有酒的话就拿来。水东逝，人消瘦，人东逝……不，是水东逝，人消瘦……”

唱着唱着，静子帮我把衣服脱掉，我将头强枕在静子胸口呼呼睡去。

这就是平常的我。

日日重复同样的事，
遵循着与昨日相同的惯例，
若能避开猛烈的狂喜，
自然也不会有悲痛的来袭，
面对阻碍着前途的绊脚石，
蟾蜍，会绕路而行。

当我看到上田敏翻译查尔·柯娄[1]这首诗句时，我的脸红得要烧了起来。

蟾蜍！

那就是我。世人不会对我有什么谅解不谅解，也不会有什么遗弃不遗

① Charles Cros，法国诗人。以纤细感触拥抱现实苦恼，借着协调有序的诗歌颂赞纯粹的生活之美。

弃。我，是个连猫狗都比不上的劣等生物。蟾蜍！只是慢吞吞地活动着。

我的酒瘾越来越大了。不只限于高圆寺车站附近，连新宿、银座的酒家都会去，甚至还会外宿不归，只是不再遵循“惯例”了，我会在酒吧里假装像个无赖，擅自亲吻别人，总之我变回殉情前那个酒鬼了，不，是变得比那时还要狂暴粗鄙，没钱花用时，还会把静子的衣物拿去典当。

我来到这里，看着那只破风筝苦笑已经一年有余了，樱树长出了嫩芽，而我再度偷拿静子的腰带与和服衬衫到当铺，换了钱到银座喝酒，连续两天过着外宿的生活，到了第三天晚上还是会觉得过意不去，下意识蹑手蹑脚地来到静子公寓门前，听到里头传来静子与茂子的对话。

“为什么人要喝酒呢？”

“爸爸啊，他不是因为喜欢喝才喝的！因为他是个好人，所以……所以……”

“好人会喝酒啊？”

“也不是这样……”

“爸爸一定会被吓到的。”

“可能会讨厌也不一定。瞧！你看！它从箱子里跳出来了！”

“好像急性子阿乒呀！”

“对啊！”

我听到静子打从心底发出幸福的低沉笑声。

打开细细一道门缝往里头瞧，是只小白兔，活蹦乱跳地绕着房间打转，母女两人则追着跑。

真是幸福啊，这些人！像我这种笨蛋介入她们俩之间，只会把她们搞得乱七八糟。朴实的幸福，好一对母女。啊！要是上天也能听听像我这种人的祈祷，只要一次就好了，一生中只要有一次能让我感受到这种幸福就好！求求您！

当下，我想要低下身合掌祈祷。我悄悄地，关上了门，复又前往银座，就这样，再也没回这间公寓。

我在离京桥很近的一间酒吧的二楼，又当起小白脸混吃度日了。

世人。

我似懂非懂地若有所悟。这是个人与个人之争，是当下之争而且最好能胜。人是绝对不会服从人的，就算是奴隶也会有奴隶般卑鄙的报复。因此，人除了当下一求胜负外，根本不用下功夫苟延残喘。打着看似冠冕堂皇的名号，但是努力的目标必定是“个人”，超越一个后又有一个。世人的难懂就是个人的难懂，大海指的不是世人，而是个人。我从对世人大海这片幻影的害怕中，多多少少获得了解放，还觉得不要像以前一样对人面面俱到、事事用心，只要配合目前需要，做些不要脸的行径就好了。

我舍弃了高圆寺的公寓，对京桥酒吧的老板娘道：

“我分手了。”

就说了这么一句话。这样就够了，足以一分胜负。

从这夜开始，我强住进这房子的二楼，但理当害怕的“世人”对我再无伤害，而且我再也不用对“世人”辩解些什么。随便老板娘怎么想都好。

我有时会像那家店的客人，有时会像老板，有时会像跑腿的，有时则像亲戚，从旁看来应该会觉得我的存在很莫名其妙吧！但“世人”却一点也不觉怪异，连店里的常客都会“阿叶！阿叶！”地叫我，表现得十分熟稔，然后请我喝上一杯。

我逐渐对这个世界不再小心翼翼，开始觉得这世界并没有这么可怕。

春风里的百日咳菌何其多、大众澡堂里会让眼睛溃烂的霉菌何其多、理发店里会让头秃掉的霉菌又何其多，省线（旧时日本铁路局经营的铁路与电车路线）电车里吊环上的疥癣虫成群蠕动，生鱼片、半生不熟的牛、猪肉里铁定藏着什么条虫的幼虫或肝蛭的虫卵，甚至还有打赤脚走路会有小玻璃碎片刺进去，然后这碎片会在体内循环而跑到眼睛造成失明云云，受到这些所谓“科学迷信”的威胁，至今心中的恐惧感才挥之不去。

的确，就科学上而言，浮沉于周遭的细菌何其多。

但我同时开始了解，若是完全抹杀它们的存在，也不过是与我毫不相干而突然间消失的“科学幽灵”罢了。便当盒里吃剩的两三粒饭粒，若是每天有上千万的人都这样不吃完，那会浪费掉多少袋的米！或者如果上千万的人每天都节省一张卫生纸，那又可以省掉多少纸浆！我总是被这些“科学统计”驱策着，每每吃剩一粒饭，每每擤鼻涕时，脑中便有着浪费掉堆积如山的米和纸浆的错觉而感到懊恼，就像犯下滔天大罪一样感到心情恶劣。

然而，这些才是“科学谎言”、“统计谎言”、“数学谎言”。三粒饭不是说集中就集中的，就算作为加减乘除的应用问题，也实在是既老旧又低能，这就像是在灯光幽暗的茅厕里计算一个人有几次会一脚踩空而跌进坑里，乘客里有多少人会失足掉进省线电车的车门与月台间缝隙的几率般愚蠢至极。

这些不是不可能发生，但却从来没听过有人因为跌进茅坑里而受伤的案例，而且一想到自己过去还把这些假设当成“科学事实”深植心里，认为它们全都会发生而感到胆战心惊，我不禁觉得好笑，因为，我已逐渐一点一滴了解到这世界的实际面貌了。

话是这么说，但对人类这种东西，我还是觉得害怕，就连与店里的客人碰面，也非得将杯里的酒一口饮尽才行。他们就像毒蛇猛兽一样可怕啊！但我每晚到店里去，仍旧像孩子对实际带点恐惧的小动物反而会紧紧握住一样，甚至还醉醺醺地对店里的客人吹嘘着拙劣的艺术理论。

漫画家。哎！可是我是个没有狂喜也不懂悲痛的无名漫画家。之后会有再大的悲痛都不要紧，我只想一尝那猛烈的狂喜！心里虽这么想，但我现在的快乐也只是和客人聊些无聊事，让客人请我喝一杯而已。

来到京桥过着这样的生活将近一年，我的漫画不只是刊载在小孩子的杂志上，连车站卖的低俗下流杂志上也找得到，我以上司几太殉情未死（日文音同）这个愚弄人的匿名，画着色情的裸画，再穿插着《鲁拜集》①里的诗句。

---

① 波斯诗人奥玛·海亚姆（Omar Khayyam）的四行诗集。在洋溢着醇酒、美女与玫瑰的甘甜中，映照出一抹忧郁。在英国诗人爱德华·菲茨杰拉德（1809–1883）的翻译下问世。

停止徒然的祈祷，
扔去那引人落泪的因子，
来一杯吧！脑海里流转的只有美好，
将不必要的担忧抛在脑后！

用不安与恐惧威胁他人的家伙们，
胆怯于自己的罪孽深重，
死了也要复仇，
他们脑中不停算计着思谋！

昨夜，
徜徉酒乡，我心喜悦满盈，
今晨醒觉，徒留荒凉，
怪了！一夜之间，
这份迥异的心情！

让我停止心理作祟，
仿佛远方传来阵阵太鼓声响，
莫名地惴惴不安，
若连蒜皮小事都会被定罪那就没救啦！

正义能成为人生的指针？

那血流成河的沙场上，
刺客的刀尖中，
又存在何种正义？

指导原则在哪儿？
睿智之光是何样？
美丽中带着恐怖的浮世，
让纤弱的人子身负背不完的重担！

因被深植下无能为力的情欲种子，
净是在嘴里咒着善恶罪罚，
无能为力地兀自仓皇，
则源于不被教导过破坏能力与意志！

在哪儿？怎么个彷徨失措法？
何来批判、检讨、重新认识？
啊！空洞的梦、不实的幻影，
嘿！都是因为把酒给忘了，才会有这种虚幻的谬思！

何妨？看看无边无际的天空吧！
不过都是沧海一粟，
什么地球为何自转？怎么可能知道？

自转、公转、倒转，这都是主观的说法。

所到之处，皆感受到至高的力量，
在全国上下整个民族里，
发现统一的人性，
我，则成了异端！

换个角度读读古兰经吧！
绝对的常识与智慧根本就不存在！

忍住肉体的喜悦，戒去酒意，
算了！什么穆圣！最让我憎恶！

但此际却有个叫我戒酒的纯真少女。

“不行喔！每天从早到晚都醉醺醺的。”

是酒吧对面卖香烟小店里十七八岁的女孩。我都叫她阿良，皮肤白皙，有着小虎牙。每每我去买烟时，她都会这样笑着给我忠告。

“为什么不行？哪里不好了？喝点酒就能把人们的憎恨之心给通通消除！在古波斯啊，能给悲伤疲惫的心带来希望的，只有那只捎来微醺酒意的夜光杯呢！你懂不懂啊？”

“我不懂！”

“你这丫头！我要亲你啊！”

“好啊！”

她一点也不害臊地噘起嘴来。

“该死！你怎么不懂矜持啊！”

但阿良的表情却清楚地带着尚未被任何人污玷的纯真气息。

过完年某个寒夜，我烂醉如泥地出门买烟，却掉进香烟店前的下水道口里，“阿良，救救我啊！”我大叫着，阿良拉我起身，照料着我右腕上的伤口。此时，阿良幽幽地道：

“喝过头了吧！”语中没有笑意。

死了倒无所谓，要是受伤流血变成残废，那可就麻烦了，我让阿良帮我裹着伤，脑中则盘算着是否该少喝点酒为妙。

“我不喝了，打明儿个开始，我一滴也不碰。”

“真的？”

“我一定不再喝了。若是戒了，阿良你会不会嫁给我呢？”不过，我嘴里的婚事却是说着玩的。

“当啰！”

当，这是“当然”的省略语。还有什么“摩男”、“摩女”（摩登男女之意）之类的，这都是那时很流行的省略语。

“好！我们来拉钩吧！我一定戒酒。”

然后隔天，我又从早喝到晚了。

傍晚，我出门溜达，站在阿良的店门口前。

“阿良，对不起啊！又喝酒了！”

“哎呀！讨厌！别给我装醉呀！”

我吓了一跳，酒都醒了。

“不，是真的，我真的喝了酒！不是什么装醉！”

“你别嘲弄我了，真讨厌！”她完全不疑有他。

“你瞧瞧我就知道了！我又从早喝到晚了！原谅我吧！”

“你演戏演得真好呢！”

“不是演的啊！该死！我要亲你啊！”

“你亲啊！”

“不行，我不够格，我娶不了你，看看我的脸，很红对吧！我喝了酒呢！”

“那是夕阳照着你的关系嘛！我很仰慕你，别这样！不是昨儿个才约好的吗？怎么可能会喝酒嘛！我们明明连勾勾都打了！什么喝酒，都是骗人的啊！”

坐在幽暗角落微笑着的阿良，那张白皙的脸庞，哎，那不知世间丑事的纯真气息是高贵的。

至今，我不曾和比我年幼的处女同榻共枕。结婚吧！就算之后会因此而带来多大的悲哀也无妨，一生有那么一次能感受到那猛烈的狂喜也好！我本来一直以为哪有什么纯真之美，不过都是傻瓜诗人甜蜜的伤感幻影罢了！但果然还是存在的！结婚后若到了春天，两人就骑着脚踏车去瞧瞧青叶的瀑布好了！

我当场打定主意，决定“一分胜负”，对于“采花”一事毫不犹豫。

不久，我们便结了婚。从中得到的喜悦未必有多强，但后来面临的悲痛之大，却不足以用“凄惨”两字形容，远远超过实际上的想象。对我而言，这世界果然还是个让我摸不透的可怕地方，不是这样一分胜负就可以轻轻松松地决定要从哪儿开始，从哪儿结束。

二

堀木与我。

彼此轻蔑着对方而往来着，然后又让彼此无聊地延续着友情，若这就是世间所谓的“交友”表现，那我与堀木间的交情也肯定算是“交友”的表现吧！

凭借着那个京桥酒吧老板娘的侠义心肠（女人的侠义心肠，这种用语虽奇特，但据我的经验，大部分的都会人当中，女人比男人多了一股侠义心肠，因为男人大都提心吊胆，嘴巴甜却无胆识且小气），我和那位香烟店的良子得以结褵，在筑地隅田川附近的一栋两层楼小公寓处租了一间地下室，两人定了下来。

我戒了酒，埋首努力于已然成为我固定职业的漫画工作中。每每用完晚膳后，两人便去看电影，回来途中再到茶店坐坐，或是买盆花，不，比起这些我还是比较享受于聆听着这位衷心信赖着自己的小新娘的言语，凝视着她的动作身影。我该不会已渐渐像个正常人了，不用尝到什么悲惨结局了吧！我心头开始幽幽燃起一丝这样天真的想法。正值此际，堀木又再度出现在我眼前。

“喂！色魔！咦，你变了不少嘛！今天我是来帮高园寺女士带个口信的。”

说到一半，他急急住了口，用下巴指了指在厨房备茶的良子，“没关系吧！”他这么询问着。

“无妨，请直说。”我沉稳地回答。

其实，我总认为良子十分相信每个人。别说我与京桥老板娘之间的事，就算是让她知道镰仓事件，她也对常子与我之间深信不疑，这不是因为我擅于说谎的关系，有时我明明已打开天窗说亮话了，良子仍是当作听玩笑似的看待。

“你还是老样子嘛！其实也不是什么要紧事，我只是传个话，她希望你偶尔也能到高圆寺那儿坐坐。”

才刚要忘掉，一只怪鸟便振翅飞来，用尖嘴戳破了记忆的伤口。一瞬间，过去的耻辱与罪恶的记忆历历在目，一股想要放声尖叫的恐惧，让我如坐针毡。

“喝一杯，去吧！”我道。

“好。”堀木答。

我与堀木。外表看来，两人颇为相似。

我曾经察觉到我们俩是很像的人，当然，这只是当时四处买醉时的事了，姑且不论其他，若将两人的脸摆在一起，乍看之下颇像两头外形相同、毛色相同的狗儿在细雪纷飞的岔路上来回奔跑的感觉。

从那天开始，我们又重拾旧谊，有时会一起去京桥的小酒吧，然后还会像两头烂醉的狗到高园寺的静子家拜访，甚至还会在那边过夜。

忘也忘不掉，那个闷热的夏夜。

堀木穿着皱巴巴的浴衣来到我筑地的公寓前，提及今天因手头很紧于是将衣服拿去典当，若是被他母亲知道自己将衣服拿去典当就糟了，所以希望向我借点钱早点赎回。

我自己也没钱，于是如往例吩咐良子，叫她拿衣服去当铺，换了钱借给堀木，剩下的钱则叫良子去买点烧酒回来，来到公寓顶楼，迎着不时从隅田川幽幽吹来的臭水沟味，摆起简陋的纳凉宴席。

我们当时玩起了一种喜剧名词和悲剧名词的游戏。这是我自己发明的，名词中有男性名词、女性名词、中性名词之分，自然也就会有喜剧名词、悲剧名词的区别。例如，汽船与火车都是悲剧名词，市内电车与巴士则是喜剧名词。若问及为什么，这是因为不懂其个中滋味的人不配谈论艺术的关系，喜剧中连半个悲剧名词都不用的编剧家，这样便称不上合格，反之悲剧作品亦然。

“好了没？烟草？”我问到。

“悲（悲剧的略称）。”堀木回答。

“药？”

“药粉还是药丸？”

“注射式的。”

“悲。”

“是吗？荷尔蒙注射也算在内啊！”

“不，绝对是悲。我说啊，针头本身不就是个完美的悲嘛！”

“好吧，这我认输。不过我告诉你，药或是医生，可都是出乎意外的喜（喜剧的略称）呢！那死呢？”

“喜。牧师与和尚都是。”

“答对了！那生就是悲啰？”

“不，那也是喜。”

“不，这么一来每个人不都是喜了。那我再问一个，漫画家呢？这总称不上是喜了吧？”

“悲、悲……这是个天大的悲剧名词！”

“什么嘛！我看你才是个天大的悲呢！”

就这样，开着笨拙的玩笑，虽无聊，但我们却对于自己发明了这种世间不曾有过的聪明游戏感到得意。

当时我还发明了一个类似的游戏。那是反义语游戏。黑的反语（反义语的略称）是白，但白的反语是红，红的反语则是黑。

“花的反语是什么？”我问着，堀木歪着嘴想着，“嗯，有一间店叫花月，所以就是月吧！”

“不对，那不是反语啦！那是同义语。星星与紫罗兰不就是同义语吗？所以不是反语啦！”

“我知道，是蜜蜂！”

“蜜蜂？”

“牡丹上……蚂蚁？”

“搞什么啊，那是画画题目啦！别胡乱编答案！”

“我知道了！花明云稀……”

“是月明云稀吧！”

“对喔！有花就有风，是风！花的反语是风！”

“你很糟糕啊，又不是浪花节（以三弦为伴奏的一种民间说唱的歌曲，类似中国的鼓词）造句，我告诉你答案吧！”

“不要。是琵琶！”

“别再闹了，花的反语嘛……是世界上最像花的东西，这你应该想得出来吧！”

“所以是……等等！该不会是……女人？”

“下一题，女人的同义语是？”

“内脏。”

“你真是不诗情画意！那内脏的反语是什么？”

“牛奶。”

“这个举得好！乘胜追击再一题，耻辱（honte，法语）的反语是什么？”

“不知耻的嘛……流行漫画家——上司几太。”

“我看是堀木正雄吧！”

我们两人慢慢地笑不出来，烧酒酒意中特有的像在脑袋里充斥着酒瓶玻璃碎片似的阴郁气氛弥漫开来。

“别说大话了！我没像你遭受过那种进牢狱的耻辱呢！”

我吓了一跳。

堀木从未打从心里把我当个真正的人来看待，只不过是当成自杀未遂又不知耻的笨蛋，是具行尸走肉罢了，他只是利用我能利用的部分来满足他的快乐，我们的往来在他而言仅止于此而已。

想到这一点，我一点好心情都没了。但转念一想，堀木会这么看我，也是因为我从以前就是个没有资格当人的孩子，所以连堀木都会轻蔑我恐怕也是理所当然的事了吧！

“罪恶。罪恶的反义语是什么？这很难呀！”我装出若无其事的表情问道。

“法律。”

堀木回答得面不改色，我重新望向堀木的脸。附近大楼忽明忽灭的红色霓虹灯照射下，堀木的脸看来带着如同魔鬼刑警般的威严。

我呆若木鸡。

“喂！罪恶不是这种东西吧！”

罪恶的反语是法律？不过，世间人恐怕都是抱着这种简单的想法过日子。他们以为没有刑警的地方才有罪恶的蠢动。

“如果不是，那是什么？是神吗？我看在你身上倒有点耶稣那家伙的气息，感觉真糟！”

“别这么简简单单就把我胡乱归类了！我们再想一想好了！这不是个很有趣的题目吗？只要其中一个回答，就觉得可以把一个人完全了解一样。”

“不会吧！罪恶的反语，是善良！善良的市民，就像我一样！”

“你真爱开玩笑！不过啊，善是恶的反语，可不是罪恶的反语喔！”

“恶与罪恶不一样啊？”

“不一样！不一样！善恶的概念是人类自己创造出来的，它是人类擅自创造出的道德语汇。”

“你很烦呀！果然还是神吧？是神啦！不管怎样想成是神准没错。我好饿啊！”

“阿良在楼下煮豆子了。”

“谢啦！我最爱吃这个了！”他两手枕在头下，仰躺着睡着。

“我看你好像对罪恶这东西没什么兴趣。”

“没错，我又不是你这种罪人。我啊，就算再怎么玩女人也不会让女人去死或是把女人的钱掏光。”

我没有让女人去死，也没有把女人的钱掏光，心中某一处升起了一阵微弱却坚决的抗议声。但，不！是我的错！我又再度习惯性地改变想法。

我怎么也无法正面而直接地展开批评。由于烧酒那阴郁的醉意，我不时拼命地压抑坏心情，几近自言自语地道：

“可是，单单出入牢狱并不是一件罪恶。若能懂罪恶的反语，感觉上就能把握住罪恶的实体。神、救赎、爱、光明，不过神的反语有撒旦、救赎的反语有苦恼、爱有憎恨、光明则有黑暗当反语。相对于善之于恶，罪恶与祈祷、罪恶与忏悔、罪恶与告白、罪恶还有……哎！这些全是同义语，罪恶的反语是什么呢？”

“罪恶的反语就是蜂蜜（罪恶——tsumi与蜂蜜——mitsu，日语念法颠倒）嘛！如蜜般的甘甜。我肚子好饿！去拿点东西来！”

“你自己不会去拿啊？”这几乎算是我生平第一次，发出暴怒的声音。

“好啊！那我要到楼下和阿良两人温存犯罪去啰。实际检讨要比口头上说说有用多啦！罪恶的反语该不会是甜豆，不，是蚕豆吧！”

他几乎醉得口齿不清。

“随便你！快滚吧！”

“罪恶之于饥饿，饥饿之于蚕豆，不，这应该是同义语吧！”他站起身胡乱叨絮着。

罪与罚。陀思妥耶夫斯基。

脑中灵光一现，闪过了这个念头，我恍然大悟。若是陀思妥耶夫斯基不认为罪与罚是同义语，而是以反义语的姿态一同并列着呢？罪与罚，这是绝不相通而是水火不容。将罪与罚当成反语思考的陀思妥耶夫斯基心头的那股青泓、淤池、乱麻纠葛的深渊处。啊！开始有点头绪了！不，又没了，我脑中有如走马灯不停地转动着。

“喂！什么蚕豆啊！你来瞧瞧！”堀木的声音与脸色都变了。

他刚摇摇晃晃地站起走下去，又退了回来。

“怎么了？”

异样的肃杀之气荡漾着，我们俩从屋顶下来到二楼，从二楼阶梯通往我楼下房间的途中，堀木突然停下脚步。

“你看！”他小声地指着。

我的房间上方有个小气窗开着，从中可以看到房间里。里头亮着灯，两头动物交缠着。

我头晕目眩，猛烈地抽着气，同时心中喃喃道：这也是人类模样之一！这也是人类模样之一，没什么大不了的！我连要出手帮助良子都忘了，呆愣在阶梯上。

堀木大声地咳了一下。我则独自逃命似的奔回屋顶，横躺着仰望湿气蒙蒙的夏日夜空，当时阵阵袭来的情绪，不是愤怒，不是厌恶，也不是悲伤，而是无比的恐怖。

这不是在看到墓地幽灵时的恐怖，倒有点像在神社杉木林里碰到白衣女鬼时的感觉，是那种半晌说不出话来，最老式的恐惧感。我的少白头从那一夜开始冒出来。终于，我丧失了所有自信，终于，我不再对人信任。

原本对这世间汲汲营营抱持期待、欢乐与共鸣，都永远地离我而去。说实在的，那是我生命中决定性的事件。

我那正面遭受重击所带来的伤口，在每每与人们接近时都会感到隐隐作痛。

“我很同情你，可是我想你自己心里多少也有数的吧！我不会再过来了，这里简直就是地狱！不过，你就原谅阿良吧！毕竟你也不是个什么像样的东西。我先告辞了。”

堀木不会糊涂到老待在一个自己觉得别扭的地方不走。

我坐起身，一个人喝着烧酒，然后放声大哭，怎么都停不下来。

不知何时，良子拿着一盘堆积如山的蚕豆呆然地站在我身后。

“他说他不会对我怎么样……”

“免了，什么都别说。谁叫你不懂得怀疑他人。坐吧！吃豆子。”

并肩坐着吃豆子。哎！信赖也是罪恶吗？对方是个三十岁上下、没读过什么书的商人，来找我画漫画时还会装腔作势地留下一点点钱。

后来那名商人也没再出现了，但比起我憎恶着那名商人，对于堀木一开始看到时小声咳嗽，就这样回到屋顶上，带着不知情的我下来撞见这一幕的憎恨与愤怒，更常让我在失眠的夜里不由得辗转反侧地呻吟着。

没有什么原不原谅的。良子对每一个人都深信不疑，她不懂得怀疑。但，正因为如此才悲哀。

问问老天，信赖乃罪乎？

与良子被玷污的事情相较，良子的信任感被玷污一事，更成为我往后几乎苦恼到活不下去的根源。对于我这种畏畏缩缩恐惧不安、老是看着别人脸色、对他人的信赖出现裂痕的人而言，良子无瑕的信赖感，才会让人有种清新如青叶瀑布的感觉。

那一夜，却猝然一变，成为黄浊的污水。良子从那夜开始连我的一颦一笑都小心翼翼地注意着。

“喂！”当我唤她，她会吓一跳，眼里净是困惑的神色。

不论我怎么逗她笑，怎么说笑话，她仍是畏畏缩缩、战战兢兢的，甚至还会在说话时对我使用敬语。

果然，无瑕的信赖感乃罪恶之渊薮也。

我找了许多描述妻子被人侵犯的小说来看，但我想没有任何一个女人悲惨到像良子这样。这一点都不像个故事。那猥琐的商人与良子之间若还存在着一点爱恋成分，我或许还有一点获得救赎的感觉，但那个夏夜，因为良子的信赖感，一切全毁了，我因此正面重创，哭哑了嗓子，少年白爬上头，良子则一生都必须在我面前胆战心惊地过活。大部分的故事都会把重点放在丈夫是否原谅妻子的行为上，但对我来说，这并不是个多么痛苦的问题。原谅？不原谅？保有这种权利的丈夫才是幸福的吗？若是无法谅解，能不能不把事情闹大，与妻子离婚离得干干净净，再迎娶新任妻子呢？若是办不到，那就干脆“原谅她”忍着点，用丈夫的威严平息四方的纷纷扰扰吧！我甚至有这样的感觉。

这样的事情对丈夫而言的确是一大震惊，但我认为，就算震惊，却不是永远摆不平的动荡余波，因为握有权力的丈夫靠他的怒火便足以处理好一切问题。然而，事情发生在我头上，却发现丈夫并没有任何权利，仔细想想甚至觉得这都是自己的错。生什么气呢？一句蠢话都没说的妻子，因为她特有的珍贵美德而受到侵犯，而这美德，正是丈夫所憧憬的无瑕信赖感，让人忍不住心生怜惜。

无瑕的信赖感乃罪恶也。

连对唯一希冀的美德都抱着怀疑，我越来越搞不懂一切，只剩酒精成为我仅存的寄托。

我脸上的神情变得极端猥亵，从早喝到晚，牙齿落得稀稀疏疏，连画出来的漫画都几近猥琐不堪。不，说明白点，我从那时开始偷偷画起色情图画，只想要赚到买酒钱。每当我把视线转向畏缩的良子，脑中便浮现疑惑：这女人完全不懂得警戒，该不会不只和那商人发生过一次而已吧！另外，那堀木呢？或者还有我所不知道的人？但我连心一横，出声问个清楚的勇气都没有，只能一如往常地在恐惧与不安中任思绪翻腾，喝酒买醉，然后提心吊胆地稍稍试着套话审问，内心愚蠢喜忧参半，外表却胡乱开着玩笑，尔后，对良子施以地狱般令人作呕的爱抚，再像堆烂泥似的倒在一旁呼呼大睡。

那年的岁末，我晚上喝得很晚，烂醉如泥地回到家，想喝点糖水的我因为不想吵醒良子，便自己走到厨房找出糖罐，打开盖子，里头却没半颗糖，只有一个黑色细细长长的小纸盒。我随手取出，看到盒子上贴着的标签时一阵愕然。那张标签虽然被指甲刮得剥落了一半以上，但英文的部分还留着，而且是清清楚楚写着：DIAL。

安眠药。

当时的我一心埋首于酒乡当中，根本用不到什么催眠镇定剂，但有失眠老毛病的我，却对催眠镇定剂并不陌生。这样一盒安眠药便足以致人于死。虽然盒子的封口还未拆开过，但肯定是良子她曾有过寻死的念头而拿着盒子把玩犹豫着。可怜的她因为看不懂标签上的英文，所以觉得用指甲刮掉一半就可以了吧！（你这样并没有罪。）

我尽量不发出声地偷偷在杯子里加满水，慢慢地把盒子封口打开，一口气全倒入自己嘴里，冷静地配着杯里的水喝下，然后把灯关掉，沉沉睡去。三天三夜，听说我就像死了般，医生还认为是过失致死，犹豫着要不要请警察过来一趟。我幽幽转醒，呓语的第一句话就是“我要回家”，但“家”又是指哪里，连当时的我都不明白，只是一个劲地哭着。

逐渐地意识渐清，定睛一看，比目鱼坐在枕头旁，摆着一张臭脸。

“这家伙真是的，都岁末了，明明大家都忙得团团转，他还偏偏爱挑这种时候，我这老命可承不住啊！”

听着比目鱼说话的是京桥的老板娘。

“老板娘。”我出声叫道。

“嗯？怎么样？有感觉了吗？”老板娘想在脸上覆上笑容。

我泪如雨下：“请让我和良子离婚。”

从我嘴里冒出了我从没想过的话。

老板娘直起身子，幽幽地叹了口气。

然后，又是一句我从没想过、连滑稽与愚蠢都不足以形容的冒失话。

“我要到一个没女人的地方去。”

哈哈哈，比目鱼首先放声大笑，老板娘也偷偷窃笑起来，我泪流满面地红着脸、苦笑着。

“嗯，这样比较好。”

比目鱼总是这样吊儿郎当地笑道：

“你最好去没女人的地方，若有女人，你是什么事也做不成。我想你去没女人的地方的确比较好。”

没女人的地方。但我这个傻瓜似的想法后来竟凄凉地实现了。

良子似乎认为我代替了她误喝毒药，她对我变本加厉，比以前更畏首畏尾，不论我说什么都没有笑容，就这样，彼此话越来越少，因此就算待在屋子里我也觉得十分阴郁，忍不住想到外头去，一如往常地沉浸酒乡。

但自从安眠药事件以来，我的体格变得越来越瘦弱，双手无力，连画漫画这件事都怠惰了，那时比目鱼来探病时留下来的钱（比目鱼虽然告诉我这是我涉田的一点敬意。他当成是自掏腰包拿出来的钱一样，但这似乎是从老家哥哥们那儿拿来的。当时的我已经和先前那个逃出比目鱼家的我不一样，可以一边装傻一边看穿比目鱼的装腔作势，因此我也可以狡猾地装作毫不知情，神乎其技地为这些钱向比目鱼道谢，但为什么比目鱼他们要拐弯抹角地搞出这些机关，我似懂非懂却一点也不觉得奇怪），我心一横，独自拿去南伊豆来趟温泉之旅，但我生来便不是个能悠然自得地去趟温泉巡礼的人，而且一想到良子便有无限的寂寥，这与旅社房间眺望山林的怡然自得相去甚远。我连棉睡衣都没换、连温泉也没泡，便直奔出门，跑进外面一处肮脏茶店，只想在酒乡里浮沉似地喝着酒，然后只是把身子弄得更糟地回到东京。

这是东京下大雪的一夜。我醉醺醺地在银座里边，嘴里不断小声反复低喃唱着离家几百里、离家几百里，脚下则用鞋尖踢飞堆积的白雪走着，突然间，我吐了。那是我第一次咳血。雪堆上出现了一面大大的日本太阳旗。我斜眼看了半晌，然后用手掬起另一方没弄脏的雪洗了把脸，边洗边啜泣。

此境是何境？

此境是何境？

女童忧伤的歌声犹如幻听，远远传进耳里。

不幸。这世界上有着各式各样不幸的人，不，应该全都是不幸的人，这么说一点也不过分。但那些人的不幸却能光明正大地对这所谓的世界抗议着，而这世界也能轻易地理解这些抗议，进而产生同情。但我的不幸却全都是源自于我自己本身的罪恶，不但没法儿对谁抗议，若是刚要结结巴巴地说出一些抗议之声，就算不是比目鱼，这世界上所有的人肯定都会对我所说的话感到无言以对，我到底是不是俗世所谓的“任性家伙”？还是显得太过软弱了？

虽然连我自己也不大明白，但却像罪大恶极，找不到任何防止我继续无止尽不幸下去的具体方法。

我站着，心想该先找点药来治治，走进附近的药铺。在与里头老板娘打照面的瞬间，老板娘像沐浴在闪光灯下似的抬着头，瞪着圆眼睛呆站在那儿。但她的眼底毫无惊愕或厌恶的神色，浮现的却是几近求救似的敬慕之情。哎！这也是个不幸的人啊！因为不幸的人对他人的不幸也会十分敏感。当脑中这么想的同时，忽然间，我察觉到那个老板娘拄着松木拐杖畏颠颠地站着。我压抑住想要跑上前的冲动，在两人对视的目光下流下眼泪。那老板娘的大眼睛里，也泛出盈盈泪光。

就这样，一句话也没说，我从药铺走出来，踉跄地回到公寓。我叫良子帮我调了盐水喝下，默默地睡去，隔天则谎称感冒睡了一整天，到了晚上，我再也忍不住对咳血的不安，起身前往那间药铺。这次，我笑容满面地将自己过去以来的身体状况据实以告。

“你一定得戒酒。”我们就像家人一样。

“恐怕我已经酒精中毒了呢！连现在都想喝。”

“不行啊！我丈夫也是因为得了肺结核，说什么要用酒杀菌而只顾着喝，自己缩短了自己的性命。”

“不行，我会很不安，而且这样好可怕，我不要。”

“我帮你配个药。但只有酒，千万别喝。”

老板娘（是个寡妇，有个儿子，在千叶不知哪里的医科大学念书，不久便和他父亲得了一样的病休学住院，家中还躺了个中风的公公，老板娘自己在五岁的时候因为小儿麻痹而造成一只脚完全瘫痪）嘎哒嘎哒地拄着拐杖帮我从柜子那边和抽屉这边取出各式各样的药品。

这是造血剂。

这是维他命注射液。

这是注射器。

这是钙片。

为了不伤害胃肠，还要配上胃药。

这是什么、那是什么，她充满关爱地对我说明着五六种药品。但这位不幸的老板娘，对我的关爱过了头了。最后，老板娘说，若再怎么样都想喝得不得了时就用这药，她迅速地拿出一个用纸包好的盒子。

吗啡的注射液。

这总比酒好，老板娘这么说，我也如此相信，其中不但是因为对酒醉产生难得的不洁感，而且还有着想到终于可以从酒精这个撒旦的手中逃脱出来的喜悦，我毫不犹豫地在自己手腕上注射吗啡。

不安、焦躁、腼腆，全都消除得干干净净，我成了一位活力十足的雄辩家。注射后，我连身体的虚弱都忘了，拼命画漫画，画着画着还会衍生出奇特到让人喷饭的有趣点子。

我原本以为一天一支，但却变成两支、四支，当我用光后就变得没有它连工作都无法动手。

“这样不行呀！你要是上瘾就糟了。”

药铺的老板娘一这么告诉我，我就觉得自己已经是个中毒患者（我是那种会不敌他人暗示的人。就算别人告诉我，不能碰这笔钱啊！我也会觉得别人认为：反正你自己看着办吧！产生一种好像不用不行，不用才真的是背离了期待的怪异的错觉，一定要赶快把钱拿来用）。因为这不安，反而让我需要更多的药品。

“拜托！再一盒！月底我一定会付清！”

“付钱几时付都无妨，可是警察盯得紧啊！”

哎！我周围老是围绕着一股混浊、灰暗、可疑的前科犯背景。

“老板娘，拜托你帮我保保密！要不要我亲你一下？”老板娘脸红了起来。我趁机说道：

“我要是没了药就工作不下去了，这对我来说，就像提神剂一样！”

“那你打荷尔蒙不就好了？”

“你别把我当傻瓜了！酒或药，不论少了哪一样我都无法工作。”

“不能再喝酒了！”

“对吧？自从用了药以后就再也没喝过半滴酒了！托药的福，身体状况也好了许多，我也不打算老是画着下流的三级漫画，等我把酒戒了，身体养好了，多用点功，一定会画出伟大的画作让你瞧！现在是最重要的时刻。所以说，万事拜托啊！要不要我亲亲你？”

老板娘笑了出来，“真伤脑筋啊！”

她嘎哒嘎哒地拄着拐杖，从柜子里拿出药。

“我不能给你一整箱，因为这东西常常要用到。给你一半吧！”

“好小气喔，算了，这也是没办法的事。”回到家，我很快地打了一支。

“你不会痛吗？”

良子小心翼翼地询问着我。

“痛是会痛啊，不过为了提高工作效率，就算不喜欢也得打。我最近不是很有精神吗？啊！该工作了。工作！工作！”我雀跃地说道。

我也曾三更半夜跑去敲药铺的门，突然抱住睡眼惺忪、嘎哒嘎哒拄着拐杖来应门的老板娘，亲吻她，然后装哭。

老板娘会默默地再给我一盒。

等到我渐渐发觉药也像酒一样，不，是比酒更甚，也是个不祥且不洁的东西时，我已成为一个不折不扣的毒瘾者了。真的，不知耻到了极点。我一味地想要拿到药，不但又开始画春宫画，甚至还和老板娘发生不可告人的关系。

好想死。

我，宁可一死。

已经没有回头的路了，不论怎么做，做什么，都只是徒劳无功，只会让人觉得更羞耻罢了。什么骑脚踏车到青叶的瀑布，对我来说都是奢望，不过是加重了悲鄙下流的罪孽，让苦恼变得更强烈而已，我想死，一定得死，苟活着就是罪恶的种子。尽管脑子里这么想，我仍旧像发了疯似的在公寓与药铺间一次又一次来回奔走。

不论做多少工作，因为药瘾不断加重，赊账买药的金额飞涨得惊人。老板娘每次一看到我便会眼眶泛红，而我也会潸潸流下泪来。

地狱！

为了要从地狱里逃出来，我使出最后一招。

若是这招失败了，那我就只能一死以求解脱。带着一决生死之心，我写了一封长信给老家的父亲大人，将自己的实际状况全都吐露出来（不过我没写出有关女人的事就是了）。

但结果更糟，不论怎么等都没回音，出于焦躁与不安，我反而药量更增。

今晚，一口气打上十支，然后跳河好了，我暗暗有此觉悟的这天下午，比目鱼像是有着恶魔般的第六感，带着堀木出现在我面前。

“听说你咳血了。”

堀木盘着腿坐在我面前，脸上浮现着以前从未看过的亲切笑容。那笑容是这么宝贵，这么高兴，我忍不住，别过脸流下眼泪。我完完全全被他那抹亲切的微笑打败而深深掩埋了。

我被请上车子。

总之一定要先住院，之后要怎么样再自己看着办吧！比目鱼也以沉静的语调（那语调冷静到以深怀慈善来形容都不为过）这么建议着，我像个没有意志力也没有判断力的人，只是暗自饮泣唯唯诺诺地对两人言听计从。加上良子，我们四人就像要永远随着车子摇摇晃晃驶向越来越灰暗的尽头时，抵达了森市某间大医院的门口。

我一直以为那只是间静养院。

年轻的医生异常小心，慎重地检查着我，然后道：

“这个嘛，要静养一段时间啊！”近似羞赧般地微笑回答。

比目鱼、堀木和良子把我留在那儿后就要回去，良子将放有换洗衣物的包袱交给我，然后默默地从衣带间掏出注射器与用剩的药，果然，她还真以为那是提神剂啊？

“不，我不要了。”

老实说，这真稀奇。生平只有那么一次拒绝他人的建议，这么说一点也不过分。

我的不幸，其实就是无力拒绝他人的不幸。一旦拒绝，不论对方或是自己心里，永远都有一道无法弥补的白色裂痕，我被这样的恐惧胁迫着。但当时我却自然而然地拒绝之前发狂求来的吗啡。是被良子那“如神般的纯真”给打败了吗？还是那一瞬间，我已经脱离药瘾了？

但是，之后很快我被那个腼腆微笑着的年轻医生带领着走进某栋病房，喀啦一声门就被锁上。我来到了精神病院。

我要去个没女人的地方，这句喝下安眠药时愚蠢的呓语竟奇妙地实现了。在那栋病房里，只有男疯子，连看护都是男的，没半个女人。

现在的我，已经不是罪人了，而是个疯子。不，我才没有疯。我不曾疯过半刻。可是，疯子大概都这么说自己的吧？总之，会进这家医院的就是疯子，没有进的便是普通人。

问问老天。不抵抗乃罪乎？

堀木那不可思议的美丽笑容让我流泪，忘了判断与抵抗就坐上车，被带往这里，结果成了疯子。现在，就算从这边出去了，我的额头上还是会被盖上疯子，不，是废人的刻印。

当人，我不够资格了。

我已经完完全全不再是个人了。

来到这里已是初夏时的事，从铁窗还可以看得到医院里的庭院小池子的睡莲开着红色的花，过了三个月，院子里盛开了大波斯菊，此时出乎意外地，故乡的大哥带着比目鱼来把我带回去。

“父亲上个月月底因胃溃疡过世了，我们也不会过问你的过去，你也不用担心生活经济上的问题，想做什么都可以，但同样的，虽然还有许多留恋，但你得尽快离开东京，开始到乡下过着静养的生活，你在东京剩下的事情，涉田都会帮你解决，所以不用挂心了。”大哥以认真且紧张的口气说着。

我感觉故乡的山河宛然呈现眼前，微微点头。

真是个废人啊！

知晓了父亲的死讯后，我变得像个窝囊废一样。

父亲，已经不在了，胸中片刻不离，让人熟悉又可怕的存在感，已经不在了。我感觉到我苦恼的根源空空如也了。甚至还以为，自己苦恼的根源会沉重得那么厉害该不会都是父亲的缘故吧？我完全失去了干劲了。连苦恼的能力都失去了。

大哥确切实行了对我的约定。

从我出生的小镇坐火车约四五个小时的时间南下，在东北难得暖和的海边温泉地，远离村落处，他买了一座间数有五间，但老旧得连墙壁都剥落、梁柱也被虫啃蚀，几乎想修都修不了的茅屋给我，还安排了一个年近六十岁、发色赤红的丑陋老女佣。

然后过了三年，期间那个名唤阿哲的老女佣几度和我发生不正常的关系，偶尔我们还会吵得像夫妇间闹别扭。我的肺病时好时坏，身子时胖时瘦，有时还会咳血痰。昨天，我要阿哲去买安眠药（卡尔莫钦），派她到村里的药铺，她买回的盒子与平常不同，我却不觉有异，睡前吞了十颗却还睡不着，正纳闷之际，就觉得肚子怪怪的直奔厕所，腹泻不止，还连续跑了三次，我忍不住心生疑窦，好好地盯着药盒子瞧，这才发现原来买来的是一种叫作黑尔莫钦的泻药。

我仰躺着，肚子上敷着热水袋，心想着一定要好好骂骂阿哲。

“喂！这不是安眠药！是泻药啊！”

一开口便忍不住咯咯笑。看来“废人”这个字是个喜剧名词，我为了睡着而喝下泻药，而且泻药的名字叫“黑尔莫钦”。

现在，对我来说，已没有什么幸福不幸福的了。

一切，终将过去。

至今从我呱呱坠地来到这个“人”的世界以来，唯一让我觉得比较像真理的，只有这么一个。

一切，终将过去。

这年，我二十七岁。但由于白发明显增加，一般人看我倒像四十岁有余。

后记

我与撰写这手札的疯子没有直接关系。

但是，我却稍稍认识一个和那手札中描写的京桥酒吧老板娘非常相似的人物。

她身材娇小，脸色苍白，双眼细细往上吊，鼻子高挺，比起所谓的美女，倒不如用美少年来形容还比较贴切的感觉。

手札让人感觉像是以昭和五、六、七年间，当时东京风景为主而撰写出来的，但我两番三次随朋友顺道经过京桥酒吧进去喝杯掺有苏打水的威士忌，却是在日本军阀已渐渐明目张胆的昭和十年前后，所以我并没有机会与写手札的主角碰到面。

然而，今年二月，我去拜访搬到千叶县船桥市的朋友。这位朋友是我大学时代的同学，目前在某女子大学担任讲师，其实我是过去托这位朋友的帮忙才得以和内人结为连理，加上心想偶尔可以买些新鲜的海产给家人享用，于是背起行囊前往船桥市拜访。

船桥市是个面迎泥海的大城镇。

即使有门牌地址，但询问当地人是否知道新搬来的这位朋友住处，他们也不太清楚。除了寒冷，背着背包的肩膀也酸痛不已，后来我被唱机的提琴声吸引，到某间咖啡店推门而入。

这位老板娘有点眼熟，一问之下才知正是十年前京桥小酒吧的老板娘。老板娘看来也是很快就想起我，两人大吃一惊笑了出来。我们没有像当时的惯例一样，相互询问彼此躲空袭的亲身体验，却相当自豪地聊起来：

“你可是一点也没变呢！”

“不，哪儿的话，我都是老太婆了！身子也不中用了。你才是呢！这么年轻！”

“没有的事。我小孩都三个了，今天就是来为那些小家伙们买东西的。”

就像许久未见的老友见面时相互寒暄着，然后交换起两人共同认识的朋友近况，此时，老板娘语气一转问道：“你认识阿叶吗？”

“不认识。”我答。

老板娘走进里头拿了三本笔记本与三张照片交给我道：

“这可能可以当成写小说的材料也不一定。”

我是那种写作时无法对他人强给的题材有任何灵感的人，本想当场还回去（关于那三张照片的奇特处，我已于前文发表了），但我的心却被那三张照片所吸引，决定先把笔记本收着，回去时再顺道拿来还，我问老板娘知不知道住在某镇某号，在女子大学担任老师的某某先生，果然因为都是新搬来的，故彼此认识。

听说偶尔还会到咖啡店里坐坐，就住在附近。

那天夜里与朋友稍稍喝了点酒，虽然留宿了一晚，但我却是一夜无眠，翻阅起先前的笔记直到半夜。

手札中所记载的都是过去的事。但就算是现代人来看，肯定也是兴趣满满。比起我拙劣地添笔修饰，还不如就这样原封不动地放在某地杂志社上发表要有意义多了。

带给孩子们的礼物只有鱼干。我背起行囊和朋友告辞，顺道经过之前的咖啡店。

“昨天真是谢谢你了，”我迅速切入正题，“这本笔记可否暂时借我？”

“好啊！请！”

“这个人，现在仍在世吗？”

“这个嘛，我不是很清楚。十年前这本笔记本和照片包成包裹寄送到我在京桥的店里，寄件人虽然是阿叶，但包裹上却没写阿叶的地址，甚至连名字都没写。空袭时混在其他东西里面，这包东西不可思议地保存下来，我就是从那时开始试着读完全部的……”

“你哭了吗？”

“不，与其说哭，倒不如说是觉得，不行，人变成这样就不行了。”

“都过了十年了，这人可能已经过世了。搞不好这是打算当成礼物寄到你那边去的呢！虽然其中多多少少有些夸张之处，但感觉上连你都受到他相当大的伤害！若这些全部属实，若我是他朋友，可能也会想把他带到精神病院去呢！”

“是他父亲的错，”老板娘无意中说出口，“我们所认识的阿叶非常率直、非常机灵，若是不喝酒，不，就算喝了酒，他也是个像天神般的大好人。”

（本文所引用的《鲁拜集》诗句乃自已故的掘井梁步先生译作中节选而出。）

附录
太宰治生平年谱

一九〇九年（明治四十二年）

本名为津岛修治。六月十九日出生于青森县北津郡金木村。

津岛家是津轻首屈一指的大地主、大富豪。父亲津岛原右卫门曾任众议院议员，后被选为贵族院议员，算是贵族阶级，同时经营银行与铁路，母亲体弱多病，所以自小他是在姑母及保姆的照顾下长大。家中本有六男，二位兄长夭折，只剩文治、英治、圭治三个哥哥以及四个姐姐，家中兄弟排行第六，三年后弟礼治出生。

一九一六年（大正五年）七岁

进入市立金木普通小学就读。成绩突出。

一九二一年（大正十一年）十三岁

以第一名的成绩从小学毕业，至离家有二公里远的明治高等小学就读。

一九二三年（大正十二年）十四岁

三月，身为贵族院议员的父亲去世，享年五十三岁。四月，进入青森县立青森中学就读，寄宿于该市寺町的远亲丰田家。

中学时于校友会志中发表作品，与阿部合成、中村贞次郎等友人编制同人杂志写小说、杂文及戏剧，对泉镜花、芥川龙之介的文学相当倾倒。

一九二七年（昭和二年）十八岁

进入弘前高等学校文科甲组（英语）就读，寄宿于远亲藤田家。

芥川的自杀对太宰治的冲击很大。不久认识青森市滨町玉家方艺妓红子（小山初代）。

一九二八年（昭和三年） 十九岁

创刊编辑同人志《文艺细胞》，以焉岛众二的笔名发表《无间奈落》。思想上渐受马克思主义的影响，也因对自己出身感到苦恼而有服安眠药自杀的意图。

一九三〇年（昭和五年） 二十一岁

进入东京帝国大学法文科就读，住宿在户冢取访町常盘馆。

与井伏鳟二会面，奉为终身之师。参与共产党运动，几乎没有上课。六月，三兄圭治去世。结识银座酒吧女田边，相约在镰仓腰越町海岸殉情。以致田边死亡，因协助自杀而遭起诉，此事是太宰治终生难忘的罪恶意识，心境凝聚在《道化之华》、《虚构之春》中。后来小山初代来东京，互定终身后暂时回乡，后遭分家除籍，靠小山家资助。

一九三一年（昭和六年） 二十二岁

二月与小山初代同居，号朱麟堂，沉迷于俳句之中。

一九三二年（昭和七年） 二十三岁

因为对左翼非法运动绝望，现在的投入仅为寻求自我毁灭之道，后来向青森警察署自首，正式放弃非法运动，并回帝大重修，倾心于写作之中。

一九三三年（昭和八年） 二十四岁

开始用太宰治这个笔名。频繁出入井伏鳟二家，结识伊马鹈平（春部）、中村地平、小山佑士、檩一雄等人。

一九三四年（昭和九年） 二十五岁

借井伏鳟二之名，于《文艺春秋》中推出《洋之介的气焰》。十二月，与津村信夫、中原中也、山岸外史、今官一、伊马鹈平、木山捷平等人共同成立同人杂志《青花》，发表《浪漫主义》。

一九三五年（昭和一〇年） 二十六岁

二月于发表《逆行》。三月参加东京都新闻社的求职测验落选后，企图于镰仓山上吊自杀，并自帝大辍学，发表《道化之华》。四月罹患盲肠炎并发腹膜炎，疗养身体至夏天。七月移居千叶县船桥町，药物中毒。八月《逆行》入围第一回芥川奖，并开始和田中英光通信。

一九三六年（昭和十一年） 二十七岁

为了治疗药物中毒，进入芝济生会医院接受治疗，四月于《文艺杂志》发表《阴火》，五月于《若草》发表《关于雌性》，六月第一个创作集《晚年》出版。期待已久的第三回芥川赏落选，心情备受打击。后来，接受井伏鳟二的建议，进入江古田武藏野医院治病，一个月后出院，撰写《二十世纪旗手》、《HUMAN LOST》。

一九三七年（昭和十二年） 二十八岁

三月与初代至水上温泉，企图吃安眠药自杀，但未成功。回东京后与初代离别。发表《虚构的彷徨》、《灯笼》。

一九三八年（昭和十三年） 二十九岁

九月发表《姥舍》、《满愿》，十一月移居至甲府市西坚町，发表多篇随笔。

一九三九年（昭和十四年） 三〇岁

一月在井伏鳟二夫妻撮合下，与石原美知子举行结婚典礼，于甲府市御崎町筑新居。

三月于《文学界》发表《女生徒》，因《女生徒》而获北村透谷奖。

一九四〇年（昭和十五年） 三十一岁

确定了新进作家的地位，发表的作品增加。

亦开始连载《女的决斗》、《俗天使》、《鸥》、《哥哥们》、《老海德堡》等作品。创作集的单行本《皮肤与心》、《回忆》于前半年发行。《越级控诉》、《快跑！梅乐斯》发表后更是被誉为名作。受邀演讲的机会增多，于东京商大以《近代之病》为题发表演说，亦于新潟高校演说。

一九四一年（昭和十六年） 三十二岁

以《东京八景》为首，承袭前年，继续有丰富创作。长篇《新哈姆雷特》、《七代女》、限定版《越级控诉》等分别发行。

六月长女园子诞生，经由北芳四郎的鼓励，探访十年不见的乡里金木町的老家。

一九四二年（昭和十七年） 三十三岁

九月发表《花火》，遭到全文删除。（《花火》后来改名为《日的料理》）。十月收到母亲病重的通知，与美知子和园子返回老家，十二月母亲去世。

一九四三年（昭和十八年） 三十四岁

为了亡母三十五天的法事，与妻子结伴返乡。完成长篇《右大臣实朝》。

一九四四年（昭和十九年） 三十五岁

发表《裸川》（新解诸国故事）、《佳日》。东宝电影公司将《佳日》一书拍成电影。

受中央情报局与文学报国会将“大东亚五大宣言”予以小说化之托，研究鲁迅。为写小山书店的《新风土记丛书》中的《津轻》，五月十二日由东京出发，到六月五日回东京，探访津轻并于七月完成。八月，长男正树诞生。为出版《云雀之声》等事宜与小山书店洽谈，即将出版之际，工厂遭到空袭，全化为乌有。十二月二十日，为调查鲁迅于仙台的事迹赴仙台。同年，小山初代于青岛去世。

一九四五年（昭和二〇年） 三十六岁

二月完成鲁迅传记《惜别》，由朝日新闻社发行。

三月在空袭警报下执笔写《御伽草纸》。三月底妻子至甲府娘家避难，轰炸之后家被毁损。暂时至龟井胜一郎的家中避难，将小山清留下，前往妻子的避难地，将书籍与其他行李移至市外千代田村，七月甲府遭炸弹攻击后家全毁，后与妻子经过东京返回老家津轻。

一九四六年（昭和二十一年） 三十七岁

开始了战后的活跃。发表了多部作品，期间举行战后最初的众议院选举，长兄文治当选。五月，芥川比吕志为《新哈姆雷特》于思想座上演的许可登门造访。七月，祖母去世（享年九十岁）。《冬季的花火》预定由新生新派于东剧上演，后遭麦克·阿瑟禁演。

一九四七年（昭和二十二年） 三十八岁

送别昔日同居的小山清去北海道夕张炭坑。二月，去田中英光的别居，伊豆三津滨旅行，于安田屋旅馆停留到三月上旬，完成《斜阳》的一、二章。三月底，次女里子出生。同年春，结识二十八岁的山崎富荣。六月底完成《斜阳》，十月于发表《阿三》和随笔《话说我的这半生》。十一月，太田静子生一女，取名为治子。

一九四八年（昭和二十三年）三十九岁

再一次以《如是我闻》震惊文坛，并着手写《人间失格》，其后完成《第二的手记》。

此时随着肺结核恶化，身体已极度虚弱，时常吐血。六月十三日深夜，与山崎富荣一齐在玉川上水投水自尽，在三十九岁生日当天找到遗体。二十一日在丰岛与志雄、井伏鳟二主持下于自宅举行告别式，葬于三鹰町禅林寺。

图书在版编目（CIP）数据

斜阳　人间失格 /（日）太宰治著；周敏珠，许时嘉译.—北京：九州出版社，2017.6（2019.8重印）
ISBN 978-7-5108-5494-1

Ⅰ.①斜…　Ⅱ.①太…　②周…　③许…　Ⅲ.①中篇小说—小说集—日本—现代　Ⅳ.①I313.45

中国版本图书馆CIP数据核字（2017）第147806号

本书译文经北京夏和璟天文化传播有限公司代理，由立村文化有限公司授权使用。

斜阳　人间失格

作　　者　[日] 太宰治　著　周敏珠　许时嘉　译
出版发行　九州出版社
地　　址　北京市西城区阜外大街甲35号(100037)
发行电话　(010) 68992190/3/5/6
网　　址　www.jiuzhoupress.com
电子信箱　jiuzhou@jiuzhoupress.com
印　　刷　三河市中晟雅豪印务有限公司
开　　本　880毫米×1230毫米　32开
印　　张　8.25
字　　数　220千字
版　　次　2017年8月第1版
印　　次　2019年8月第5次印刷
书　　号　ISBN 978-7-5108-5494-1
定　　价　38.00元